Morte em suas mãos

Ottessa Moshfegh

Morte em suas mãos

tradução
Bruno Cobalchini Mattos

todavia

Um

Seu nome era Magda. Ninguém jamais saberá quem a matou. Não fui eu. Aqui está seu corpo.

Mas não havia corpo nenhum. Nenhuma mancha de sangue. Nenhum emaranhado de fios de cabelo preso nos galhos grossos caídos, nenhum cachecol de lã vermelha umedecido pelo orvalho da manhã adornava os arbustos. Havia apenas o bilhete no chão, sacolejando aos meus pés ao ritmo do vento suave de maio. Encontrei-o durante minha caminhada matutina com Charlie, meu cachorro, pelo bosque de bétulas.

Eu tinha descoberto a trilha na primavera anterior, logo após Charlie e eu nos mudarmos para Levant. Passamos por ela durante toda a primavera, todo o verão e todo o outono, mas a abandonamos no inverno. As árvores brancas e esguias ficaram quase invisíveis contra a neve. Nas manhãs de neblina, as bétulas desapareciam inteiras na cerração. Desde o início do degelo, Charlie me acordava todas as manhãs ao nascer do sol. Atravessávamos a estrada de terra e nos arrastávamos pelos aclives e declives suaves de uma pequena colina, ziguezagueando por entre as bétulas. Naquela manhã, quando encontrei o bilhete caído no meio da trilha, havíamos avançado pouco mais de um quilômetro bosque adentro.

Charlie não reduziu a velocidade, não inclinou a cabeça, nem sequer baixou o focinho para farejar o chão. Achei tão estranho ele ignorá-lo — logo meu Charlie, que uma vez arrebentou a guia e cruzou correndo a via expressa para buscar um pássaro morto, tão forte era seu instinto de perseguir os mortos. Não, ele não olhou duas vezes para o bilhete. Pedrinhas pretas prendiam-no ao chão posicionadas com cuidado sobre as margens superior e inferior do papel. Inclinei-me para ler outra vez. Sob minhas mãos, a terra estava quase morna, a grama pálida e tímida despontava em alguns cantos do chão preto e farelento, e o sol acabava de começar a clarear em tons que iam do prateado para o amarelo.

Seu nome era Magda.

Era uma piada, pensei, uma pegadinha, uma armação. Alguém estava fazendo uma brincadeira. Essa foi minha impressão inicial. Olhando em retrospecto, não é fofo ver como a minha mente foi direto à conclusão mais inócua? Que, após tantos anos, aos setenta e dois, minha imaginação ainda fosse tão ingênua? A experiência deveria ter me ensinado que muitas vezes as primeiras impressões enganam. Ajoelhei-me sobre a terra, estudei os detalhes: era uma página de caderno pautado e espiralado cuja extremidade perfurada fora removida com precisão, sem deixar fiapos desgrenhados no local do rasgo; letrinhas escritas em caneta esferográfica azul. Ficava difícil inferir alguma coisa a partir da caligrafia, o que parecia proposital. Era uma escrita clara e impessoal, do tipo que utilizamos para escrever cartazes anunciando uma venda de garagem ou preencher uma ficha no dentista. Sábio, pensei. Esperto. Quem quer que tenha escrito o bilhete entendia que, mascarando suas peculiaridades, evocaria autoridade. Não há nada tão imponente quanto o anonimato. Mas as palavras em si, quando as proferi em voz alta, pareciam sagazes — um atributo raro em Levant, onde a maioria da população era de trabalhadores braçais e de estúpidos. Li o bilhete outra vez e quase ri da penúltima frase, *Não fui eu*. Claro que não.

Não fosse uma pegadinha, o bilhete poderia ter sido o início de um conto abandonado, uma premissa fraca, uma abertura ruim. Eu compreendia a hesitação. Era um jeito sombrio, um caminho maldito para começar uma história: o anúncio de um mistério de investigação infrutífera. *Ninguém jamais saberá quem a matou.* O conto acaba assim que começa. Valeria a pena explorar o tema da futilidade? Sem dúvidas, o bilhete não prometia nenhum final feliz.

Aqui está seu corpo. Claro, havia mais a ser dito. Onde *estava* Magda? Era tão difícil assim inventar uma descrição do seu cadáver, emaranhado na mata rasteira sob uma árvore caída, o rosto parcialmente afundado no chão preto e macio, as mãos atadas atrás das costas, o sangue do ferimento das apunhaladas escorrendo pelo chão? Quão difícil era imaginar uma medalhinha dourada cintilando entre as folhas caídas e encharcadas das bétulas, a correntinha arrebentada atirada sobre a grama fresca, tenra e espessa? De um lado, a medalhinha poderia conter fotos de uma criança jovem e banguela — Magda aos cinco anos — e do outro, de um homem com quepe militar, seu pai, imagino eu. Ou quem sabe "mãos atadas" fosse um pouco excessivo. Talvez "ferimento das apunhaladas" fosse imagético demais, cedo demais. Quem sabe o assassino tivesse apenas posicionado os braços dela atrás das costas para que não se destacassem dos galhos apodrecidos e não chamassem a atenção de ninguém. A pele pálida das mãos de Magda contrastaria com o chão escuro, como o papel branco na trilha, imaginei. Parecia melhor começar com descrições mais sutis. Eu mesma poderia escrever o livro se tivesse a disciplina necessária, se achasse que alguém fosse ler.

Naquele momento, meus pensamentos estavam vazios e atrofiados por uma terrível dor na cabeça e nos olhos, algo comum quando eu me levantava muito depressa. Minha circulação sempre foi ruim e minha pressão sempre foi baixa, "um coração fraco", como dizia meu marido. Ou talvez só estivesse com fome. Preciso tomar cuidado, disse a mim mesma. Mais dia, menos dia posso desmaiar no lugar errado e bater a cabeça, ou provocar um acidente de carro. Seria meu fim. Não tenho ninguém para cuidar de mim se eu ficar doente. Morreria em um hospital barato de interior, e Charlie acabaria sacrificado no canil.

Charlie, como se pudesse sentir minha tontura, veio até meu lado e lambeu minha mão. Ao fazê-lo, pisou no bilhete. Ouvi o papel amassar. Uma pena ver aquela página imaculada agora ser marcada por uma pegada. Mas não o repreendi. Acariciei sua cabeça sedosa com os dedos.

Talvez eu estivesse imaginando demais, pensei, examinando o bilhete outra vez. Podia imaginar um garoto de ensino médio perambulando pelo bosque, bolando uma história divertida de terror, escrevendo as primeiras frases, e então perdendo o ímpeto e descartando o conto para escrever outro, que conseguia evocar com maior facilidade: a saga de uma meia perdida, de uma briga no campo de futebol, de um homem indo pescar, do beijo em uma garota atrás da garagem. O que um adolescente de Levant queria com Magda e seu mistério? Magda. Não era uma Jenny, uma Sally, uma Mary ou uma Sue. Magda era o nome de um personagem com profundidade, com um passado misterioso. Exótico, até. E quem ia querer ler isso aqui, em Levant? Os únicos livros à venda na Legião da Boa Vontade eram sobre tricô ou Segunda Guerra Mundial.

"Magda. Esquisita, ela", diriam.

"Eu não gostaria que Jenny ou Sally andassem por aí com uma garota como Magda. Vai saber com que valores ela foi criada?"

"Magda. De onde vem esse nome? Uma imigrante? Alguma língua diferente?"

Não surpreende ele ter desistido de Magda tão rápido. Sua situação era complexa demais, muito cheia de nuances para ser compreendida por um jovem rapaz. Era preciso uma mente sábia para fazer jus à história de Magda. Afinal de contas, era difícil encarar a morte. Consigo imaginar o garoto dizendo "Vou pular essa" antes de descartar essas primeiras frases. E com isso, Magda e todo o seu potencial foram abandonados. No entanto, não havia sinais de negligência ou frustração, de nenhuma linha revisada ou reescrita. Pelo contrário, as linhas eram limpas e regulares. Nada fora rasurado. O papel não havia sido amassado ou sequer dobrado. E aquelas pedrinhas...

"Magda?", eu disse em voz alta, sem saber direito por quê. Charlie não parecia se importar. Estava ocupado perseguindo as nuvens de dente-de-leão que pairavam em meio às árvores. Percorri a trilha nos dois sentidos durante alguns minutos, vasculhando o chão em busca de algo que parecesse destoante, e depois percorri os arredores em círculos cada vez mais fechados. Minha esperança era encontrar outro bilhete, outra pista. Assoviava para Charlie sempre que ele se afastava muito de mim. Não encontrei nenhum novo rastro entre as árvores, muito embora minhas próprias pegadas, como era de se esperar, tenham feito uma bagunça que acabou me confundindo. Mesmo assim, não havia nada. Não encontrei nada. Nem mesmo uma bituca de cigarro ou uma latinha de refrigerante amassada.

Quando morávamos em Monlith, tínhamos um aparelho de televisão. Eu assistia a muitos programas de assassinatos misteriosos. Era capaz de imaginar uma canaleta dupla escavada na terra pelos calcanhares de um cadáver ao ser arrastado. Ou uma marca no chão onde antes havia um corpo caído, a grama amassada, tenras mudas com o caule dobrado, um cogumelo esmagado. E por fim, claro, terra preta e fresquinha cobrindo uma nova cova rasa. Mas o solo do bosque de bétulas não tinha sido mexido, até onde eu podia notar. Tudo estava igual à manhã anterior, ao menos naquele pequeno trecho. Levaria dias, semanas para dar conta de todo o bosque. Pobre Magda, esteja onde estiver, pensei, virando devagar para conferir se não tinha deixado passar alguma coisa — um sapato, uma presilha de plástico. O bilhete no chão parecia indicar que ela estava por perto, não? E se o bilhete não fosse uma história inventada, e sim uma lápide? *Aqui jaz Magda*, parecia dizer. Qual era a utilidade de um bilhete assim, como uma etiqueta, um título, se o objeto ao qual se referia não estava próximo dele? E talvez não estivesse em lugar nenhum? Eu sabia que aquelas eram terras públicas, e qualquer um tinha o direito de passar por ali.

Levant não era um lugar de especial beleza. Não havia pontes cobertas nem casarões coloniais, nenhum museu ou prédio histórico municipal. Mas a natureza de Levant era bonita o bastante para diferenciá-la de Bethsmane, o município vizinho. Estávamos a duas horas da costa. Um grande rio cruzava Bethsmane, e ouvi dizer que as pessoas vinham de barco de Maconsett no verão. A região, portanto, não era de todo ignorada pelo mundo externo. Ainda assim, não era um destino turístico. Não havia atrações para ver em Bethsmane. Os prédios da Main Street tinham tapumes nas janelas. Em outros tempos, fora uma cidade fabril com calçadas de tijolos e velhos depósitos que, se ainda existissem, teriam rendido um charmoso centro histórico. Mas não restava nenhum fantasma ou romance ali. Hoje, Bethsmane se resumia a um centro comercial, um boliche com bar e um letreiro ofuscante de neon, uma minúscula agência dos correios que fechava ao meio-dia e alguns restaurantes de fast food à beira da rodovia. Em Levant, não tínhamos nem sequer uma agência própria dos correios — não que eu enviasse ou recebesse muitas correspondências. Havia um posto de gasolina com uma pequena loja de conveniência que vendia iscas e produtos básicos, comida enlatada, doces, cerveja barata. Eu não tinha a mínima ideia do que os poucos moradores de Levant faziam em seus momentos de lazer, afora beber ou jogar boliche em Bethsmane. Não me parecia o tipo de gente propensa a passeios panorâmicos na natureza. Sendo assim, quem teria se embrenhado em meu amado bosque de bétulas e sentido a necessidade de perturbar tudo com um bilhete sobre um cadáver?

"Charlie?", chamei quando retornei à trilha.

Voltei andando até o bilhete, ainda esvoaçando suavemente à brisa morna. Por um momento ele pareceu vivo, uma estranha e frágil criatura aprisionada pelas pedras pretas, lutando para se libertar, como uma borboleta ou um pássaro com a asa quebrada. Como Magda deve ter se sentido nas mãos de seu assassino, imaginei. Quem poderia ter feito uma coisa dessas? *Não fui eu*, insistia o bilhete. E pela primeira vez naquela manhã, como se só agora me ocorresse ficar assustada, senti um arrepio nos ossos. *Seu nome era Magda*. De repente tudo me pareceu muito sinistro. Muito real.

Onde estava o cachorro? Enquanto esperava Charlie aparecer correndo de volta para mim por entre as bétulas, senti que não devia erguer muito os olhos, pois talvez alguém me observasse de cima das árvores. Um maluco nos galhos. Um fantasma. Um deus. Ou a própria Magda. Um zumbi faminto. Uma alma penada em busca de um corpo para possuir. Quando escutei Charlie irromper do bosque, arrisquei-me a olhar para cima. Não havia ninguém ali, óbvio. "Seja racional", disse a mim mesma, tentando resistir a uma queda de pressão apenas com minha coragem, enquanto me ajoelhava para recolher as pedrinhas pretas. Guardei-as no bolso do casaco e peguei o bilhete.

Se estivesse sozinha no bosque, sem o meu cachorro, eu teria sido tão corajosa? Talvez tivesse deixado o bilhete ali mesmo no chão e saído correndo, chispado para casa e dirigido até a delegacia em Bethsmane. "Alguém foi assassinado", eu talvez dissesse. Uma descrição sem pé nem cabeça.

"Encontrei um bilhete no bosque. Uma mulher chamada Magda. Não, não vi o corpo dela. Só o bilhete. Deixei lá, óbvio. Mas diz que ela foi assassinada. Não quis alterar a cena do crime. Magda. Isso, Magda. Não sei o sobrenome. Não, não conheço. Nunca conheci uma Magda em toda minha vida. Só encontrei o bilhete, agora há pouco. Por favor, depressa. Ah, por favor, vão direto para lá." Eu pareceria histérica. Não era bom para minha saúde ficar tão agitada. Walter sempre dizia que meu coração fica sobrecarregado quando me deixo levar pelas emoções. "Zona de risco", ele dizia, e então insistia em me colocar para dormir e apagar a luz, ou fechar as cortinas, se fosse durante o dia. "Melhor ficar deitada descansando até o ataque passar." De fato, quando eu ficava ansiosa, tinha dificuldade para não perder o controle. Ficava desengonçada. Ficava zonza. Só de caminhar de volta para a cabana, ansiosa daquele jeito, eu poderia tropeçar e cair. Poderia ter quebrado um braço ou o quadril se escorregasse na pequena ladeira entre o bosque e a estrada. Alguém poderia ter passado de carro e me visto, uma velha senhora coberta de terra, tremendo de medo, e por quê — por um pedaço de papel? Eu teria acenado com os braços. "Pare! Houve um assassinato! Magda está morta!" Seria uma comoção e tanto. Teria sido um constrangimento daqueles.

Mas com Charlie por perto eu me sentia calma. Ninguém poderia dizer que não mantive a calma. Vivi bem durante um ano inteiro em Levant, tranquila e satisfeita, contente por minha decisão de fazer uma mudança tão drástica, a milhares de quilômetros de Monlith, do outro lado do país. Estava orgulhosa pelo ímpeto de vender a casa, empacotar minhas coisas e me mudar. Verdade seja dita, se não fosse por Charlie, eu ainda estaria naquela casa velha. Teria faltado coragem para me mudar. Era reconfortante ter um animal sempre próximo e carente para dar atenção, para cuidar. Simplesmente ter outro coração batendo no recinto, uma energia viva, bastava para me deixar contente. Eu nunca havia percebido como era solitária, e de repente não estava mais sozinha. Tinha um cachorro. Nunca mais ficaria sozinha, pensei. Que bênção ter uma companhia assim, uma criança e, ao mesmo tempo, um protetor, mais sábia que eu em muitos sentidos, e, no entanto, bobalhona, leal e carinhosa.

Desde que adotara Charlie, meu pior momento havia sido o episódio do pássaro morto em Monlith. Eu nunca tinha soltado Charlie da guia antes, exceto no espaço para cães no parque Lithgate Greens, e quando o vi sair correndo daquele jeito e atravessar a estrada eu senti que o perdera para sempre. Só estávamos juntos havia uns meses e eu ainda estava pegando o jeito, ainda dava comandos um pouco envergonhados, hesitantes — inseguros, por assim dizer. Ali parada, temi que o laço entre nós fosse insuficiente para impedi-lo de buscar uma vida melhor, de explorar novas paragens, de ser mais cão do que era capaz de ser ao meu lado. Afinal de contas, eu era apenas humana. Não era limitada? Não era entediante? Mas então pensei, qual vida poderia ser melhor do que a que eu tinha para lhe oferecer? Falando sério, qual? Correr solto pelas colinas ao redor de Monlith, caçar tetrazes? Ele acabaria devorado por coiotes. E, na verdade, ele não era esse tipo de cachorro. Tinha sido criado para servir, procurar, buscar e sempre voltar. Ao vê-lo desaparecer do outro lado da estrada, perguntei-me o que poderia ter feito para deixá-lo mais confortável, para fazê-lo se sentir mais importante, mais amado, mais o que quer que fosse. Será que ele não estava satisfeito? Não era mimado? Eu poderia cozinhar para ele, pensei. No parque de cães, uma mulher discursou sobre os "ingredientes tóxicos das rações de marcas famosas". Ah, sempre era possível fazer um pouco mais para deixar um bichinho feliz. Deveria ter preparado mais ossos recheados de tutano, pensei, e tê-lo deixado dormir na cama comigo. Fazia muito frio na cozinha da velha casa em Monlith, mesmo na caminha de cachorro com um cobertorzinho felpudo de *fleece*. Na primeira noite naquela casa repleta de correntes de vento, enrolei-o naquele cobertor e segurei-o em meus braços como se fosse um bebê recém-nascido. Ele chorava sem parar, e eu o acalmei e prometi "Nada de ruim jamais acontecerá com você. Não vou deixar. Te amo demais. Prometo que agora você está seguro, aqui, comigo, para sempre".

E alguns meses depois — como ele cresceu rápido! —, levei-o para passear e ele puxou e forcejou até se livrar. Naquela manhã em Monlith, a guia simplesmente arrebentou com um estalo e ele se foi, pisoteando a fina camada de neve ao descer a ladeira e cruzar a estrada.

Parecia ter sido ontem, pensei mais de um ano depois, enquanto voltava a pé para a casa de Levant em meio às bétulas, o bilhete em mãos, o coração batendo forte. O que teria feito sem Charlie? Quão perto cheguei de perdê-lo naquele dia em Monlith? Corri atrás dele, claro, mas não tive forças para pular o gradil de metal afiado sobre o qual ele saltara sem a menor dificuldade. Mesmo sendo de manhã cedo, quando apenas um ou outro carro passava devagarinho sobre o gelo, achei perigoso demais pisar no asfalto de uma estrada tão grande. Eu nunca tinha quebrado nenhuma regra. Não se tratava de um sentimento de dever cívico, orgulho ou retidão moral, era apenas o modo como fui criada. Na verdade, a única vez em que fui repreendida foi no jardim de infância. Pisei fora das linhas de marcação no caminho para a sala de música e a professora ergueu a voz: "Vesta, aonde você vai? Pensa que é especial para perambular por aí sozinha feito uma rainha?". Jamais me perdoei. E minha mãe era muito exigente com disciplina. Nunca apanhei nem fiquei de castigo. Mas sempre havia ordem, e quando me comportava como se não houvesse, era corrigida.

E, de qualquer modo, eu poderia ter escorregado no gelo. Poderia ter sido atropelada por um carro. Teria valido o risco? Ah, sim, teria sim, se a outra opção fosse perder meu querido e amado cão. Mas não consegui me mexer e fiquei empacada junto ao gradil, vendo Charlie abanar o rabo cada vez mais distante. Ele desapareceu na fossa do outro lado da estrada, onde havia um brejo congelado. Fiquei assustada demais até mesmo para gritar, fechar os olhos ou respirar. Quando tentei assoviar, minha boca não funcionou. Parecia um pesadelo, quando o homem da machadinha está às suas costas e você quer gritar, mas não consegue. Só consegui acenar para os poucos motoristas com minhas luvas vermelhas, feito uma idiota, as lágrimas se acumulando no canto dos olhos por causa do pavor e do vento frio.

Mas então Charlie voltou. Veio correndo a toda velocidade sobre o gelo, aproveitando um intervalo sem fluxo na via, graças aos céus. Trazia de leve entre as presas um pássaro morto — uma cotovia — e soltou-o aos meus pés, sentando-se ao lado dele. "Bom garoto", eu disse, constrangida até mesmo diante dele por minha incapacidade de conter emoções. Sequei as lágrimas, abracei-o, segurei seu pescoço em meus braços e beijei sua cabeça. No frio, seu hálito parecia um motor a vapor. Seu coração latejava. Ah, como eu o amava. Fiquei pasma com o tanto de vida que retumbava dentro daquela criatura peluda.

Após esse episódio, ensinei Charlie a buscar gravetos e bolinhas de tênis amarelo-neon, que aos poucos iam ficando amarronzadas e encharcadas de saliva e mais tarde acabavam abandonadas no carro, rolando debaixo do banco da frente, rasgadas, acinzentadas, esquecidas. "É um cão de busca, uma mistura vira-lata de labrador e weimaraner", dissera o veterinário em Monlith. Talvez o dia da cotovia tenha sido importante para Charlie. Ele descobrira seu propósito inato, o instinto bateu. Mas o que eu poderia fazer com aquele pássaro morto? Não tinha atirado nele, ninguém tinha. O ímpeto de buscar coisas era muito estranho. Instintos são assim. Nem sempre fazem sentido, e não raro nos levam a traçar caminhos perigosos.

Assoviei, e Charlie veio trazendo um naco de madeira avermelhada podre, em ruínas, escapando de seus lábios macios. Coloquei a coleira nele. "Só por garantia", expliquei. O cão me olhou com cara de rabugento, mas não puxou. Fiquei atenta ao caminho de volta para casa, uma mão segurando a guia de Charlie, a outra no bolso do casaco, envolvendo o bilhete para mantê-lo seguro, eu disse a mim mesma.

Não fui eu.

Quem era esse *eu?* Fiquei pensando. Parecia improvável que uma mulher abandonasse um cadáver no bosque, e por isso achei seguro presumir que o autor do bilhete, esse *eu*, esse personagem, o *eu* da história, devia ser um homem. Sem dúvidas, parecia muito seguro de si. *Ninguém jamais saberá quem a matou.* E como ele sabia disso? E por que se dar ao trabalho de dizer? Era algum tipo de provocação para mostrar como era macho? *Sei de algo que você não sabe.* Às vezes, os homens são assim. Mas cabia tamanha presunção em um caso de assassinato? Magda havia morrido. Não era motivo para piada. *Ninguém jamais saberá quem a matou.* Que jeito mais besta de afastar suspeitas. Era muita arrogância achar que todos eram tão ingênuos. *Eu* não era. Nem *todos* somos idiotas. Nem *todos* somos toupeiras, cordeirinhos, tolos, como Walter sempre dizia que todas as pessoas eram. Se alguém sabia quem era o assassino de Magda, era esse *"eu"*. Onde Magda estava agora? Sem dúvidas o *eu* estava ao lado do cadáver enquanto escrevia o bilhete. Então, que fim levou? Quem havia fugido com o corpo? O próprio assassino? O assassino havia voltado para buscar Magda após ele, *eu*, tanto faz, ter escrito o bilhete e deixado ali no chão?

Senti que aquele era o *meu* bilhete. E era meu. Agora estava em minha posse, e tentei não amassá-lo no calor do forro do meu casaco.

Eu precisava de um nome para esse *eu*, o autor do bilhete. De início, achei que bastaria um nome genérico, algo sem personalidade, que não descrevesse o *eu* de modo muito específico, um nome como a caligrafia anônima no papel. Era importante manter a cabeça aberta. *Eu* podia ser qualquer pessoa. Mas era possível extrair algo daquela esferográfica solene e jovial, a escrita precisa, a estranha não confissão, o ar de zé-ninguém do *eu*. Nada. O nome de meu marido, Walter, era um dos meus favoritos. Charlie era um bom nome para um cachorro, a meu ver. Quando nos sentíamos majestosos, eu o tratava por Charles. Às vezes ele de fato parecia majestoso: as orelhas apontadas para cima, os olhos voltados para baixo, como um rei em seu trono. Mas sua índole era boa demais para um rei de verdade. Não era um cachorro esnobe. Não era um poodle, um perdigueiro ou um spaniel. Eu queria uma raça cheia de virilidade, e quando visitei o canil em Monlith dei de cara com ele. "Abandonado", me disseram. "Encontrado dois meses atrás em um saco de lona preta na ribanceira do rio. Mal tinha três semanas. Único sobrevivente de toda a ninhada." Levei um minuto para digerir essas informações. Que horror! E em seguida, que milagre! Então me imaginei no lugar da pessoa que encontrou a lona preta na lama, debaixo da ponte onde o rio se estreita, e então *eu* tinha aberto o saco e encontrado um aglomerado de filhotes cabeçudos e marrons, só um deles respirando, e aquele um era o meu. Charlie. Dá para imaginar alguém abandonando criaturinhas tão meigas?

"Quem faria uma coisa dessas?"

"São tempos difíceis", a mulher me disse.

Preenchi os formulários, paguei cem dólares pelos exames médicos e vacinas e assinei o compromisso de castrar Charlie, o que nunca fiz. Também não contei que me mudaria para o leste, sete estados adiante, para Levant, alguns meses depois. Esses canis gostam de garantias. Querem ter por escrito que a pessoa cuidará do animal e o criará do jeito certo. Prometi não violentá-lo nem colocá-lo para procriar, ou soltá-lo na rua, como se uma assinatura, um simples rabisco no papel, pudesse selar um destino. Eu não queria castrar meu cachorro. Parecia desumano. Mas assinei o contrato com o coração acelerado, uma das pouquíssimas vezes na vida em que enganei de modo consciente. Fiquei corada, até tremi um pouco ao pensar na possibilidade de ser descoberta. "Quem é o doente que não castra seu vira-lata? Quem é o perverso…" Ingenuidade, de fato, pensar que uma mera assinatura estabelecia tamanho compromisso. É só um pouco de tinta no papel, só um rabisco, meu nome. Eles não podiam ir atrás de mim e me arrastar de volta para Monlith só porque manuseei uma caneta.

Assim, acabei me safando. Após o funeral de Walter, encaixotei a casa de Monlith e me despedi do lugar e de tudo o que ele me impôs. Foi um grande alívio sair de lá, vender a casa, ter um novo lar à minha espera em Levant. Pelas fotos, era a casa dos meus sonhos: uma cabana rústica de frente para um lago. O terreno precisava de reparos. Havia algumas árvores apodrecendo, crescidas demais etc. Comprei, sem nem visitá-la, por uma ninharia. O lugar estava embargado havia seis anos. Tempos difíceis, de fato. E fui para lá. Tentava não pensar demais na casa em Monlith, no que os novos proprietários estariam fazendo nela, em como a varanda teria sobrevivido ao inverno. E no que meus vizinhos diziam. "Ela deu no pé sem mais nem menos, fugiu como um ladrão no meio da noite." Mas isso não era verdade. Disso eu sabia. Eu era uma mulher de bem. Eu merecia enfim ter alguma paz.

Pensei mais um pouco em um nome para esse *eu*. No fim, escolhi Blake. Era o tipo de nome que os pais andavam dando para seus filhos. Nesse sentido, tinha um toque pretensioso. Blake, um rapaz loiro desgrenhado andando de skate, comendo sorvete direto do pote, brincando com uma pistola de água. Blake, arrume seu quarto. Blake, não se atrase para o jantar. À luz dessas evocações, o nome era banal e até um pouco bobo, o tipo de garoto capaz de escrever *Não fui eu*.

Estranhas, estranhas, as coisas que a mente faz. Minha mente, a mente de Charlie, às vezes eu me perguntava o que, afinal, era a mente. Não fazia muito sentido que ela estivesse dentro do meu cérebro. Como era possível que, só de pensar que meus pés estavam frios, eu pudesse pedir a Charlie que mudasse o queixo de lugar para aquecê-los, o que ele de fato fazia? Não compartilhávamos a mesma mente nesses momentos? E se eu compartilhava uma mente com Charlie, existia outra mente que eu reservava só para mim? Qual mente agia agora, enquanto eu pensava no bilhete, imaginava, debatia e lembrava coisas ao percorrer a trilha em meio às bétulas? Às vezes eu sentia que minha mente era apenas uma nuvem macia de ar ao meu redor, absorvendo tudo o que chegava voando, revirando isso, e então despejando de volta no éter. Walter sempre dizia que eu era um pouco mágica nesse aspecto, uma sonhadora, sua pequena pombinha. Walter e eu havíamos compartilhado uma mente, óbvio. Casais acabam fazendo isso. Acho que deve ter algo a ver com dormir na mesma cama. A mente, livre de amarras durante o sono, viaja para longe, dançando, às vezes em dupla. As coisas vão e vêm nos sonhos. Quando sonho com Walter hoje, ele é jovem outra vez. Ele ainda é jovem na minha mente. De vez em quando, ainda esperava que ele entrasse pela porta com um buquê de rosas, trazendo o cheiro doce de seus charutos, as mãos tenras e fortes segurando o celofane farfalhante. "Para você, minha pombinha", ele diria. Se não fossem rosas, seria um livro que achou que me agradaria. Ou um novo disco, ou uma pera ou um pêssego perfeitos. Eu sentia falta de seus presentes atenciosos, surpresinhas tiradas do bolso de seu sobretudo.

Imagino que minha cabana em Levant tenha sido o presente derradeiro de Walter para mim. Usei o dinheiro do seguro para comprá-la e fazer a mudança. A renda proveniente da venda da casa em Monlith garantiria meu sustento até o dia da minha morte. E também havia dinheiro investido. Walter planejara bem sua aposentadoria. Cortava gastos e economizava o tempo todo, e isso contribuía para tornar seus presentinhos ainda mais meigos. Afinal, rosas custavam caro. "Me custou os olhos da cara", ele dizia. "Voltei pra casa tateando pelo caminho." Ele teria achado minha cabana pequena e barata. Gostava de espaços grandes e abertos. Era uma das coisas que amava em Monlith, as planícies, as colinas rochosas metálicas, o rio gelado. Eu sentia saudades de Walter. A casa ampla se tornara absurda sem ele. Foi um alívio encontrar a cabana em Levant. Senti que precisava me esconder um pouco. Minha mente precisava de um mundo menor por onde vagar.

Pensei na cotovia morta de Monlith outra vez. Tinha o peito amarelo, lindo, parecia uma joia contra o cascalho congelado e embaciado. Um presente. Estranho, estranho. Será que Charlie achou que aquilo me alegraria? Deixei-a onde Charlie a largara, e levei-o de volta para casa segurando direto na coleira, sentindo a ardência em meus ombros, mas não havia outro jeito, a guia estava arrebentada. Depois disso, li livros sobre adestramento. Quando não estava encaixotando as coisas da casa, assinando mais documentos nem nada do tipo, Charlie e eu estreitávamos nossos laços, e eu o ensinei a me obedecer. Ele se adaptou a mim, e eu a ele. Foi assim que nossas mentes se mesclaram. Os livros confirmavam que os cães jamais devem dormir com os donos. De início, aceitamos essa regra, mas certa noite durante nossa viagem para o leste, quando dormimos em motéis de beira de estrada ao longo do caminho, ele se embrenhou na cama e não tive forças para tirá-lo dali. Temia que ele ficasse traumatizado com a mudança. Esse conforto extra fez muito bem a nós dois. A estrada é um lugar muito solitário. Em Levant, passamos a dormir juntos, e Charlie até se aninhava debaixo das cobertas comigo quando fazia frio. Mas, no verão, ele ficava no pé da cama, ou até mesmo fora dela, esparramado na sombra fresca da mesa de jantar no térreo. Agora ele aceitava melhor a guia, embora eu quase nunca a utilizasse. Levava-a comigo quando saíamos para passear, para o caso de nos depararmos com algum animal selvagem e Charlie sentir o impulso de atacá-lo. Sabia como ele podia ser cruel quando queria, caso alguém me ameaçasse, caso uma coisa ruim acontecesse. Isso também era uma fonte de conforto. Charlie, meu guarda-costas. Caso houvesse um maluco nas redondezas, o assassino de Magda, quem fosse, Charlie o atacaria. Sua cabeça mal alcançava a altura das minhas coxas, mas ele era bem intimidador: tinha os ombros largos, trinta e cinco quilos de músculo e uma bela pelagem marrom-clara. Só vi ele cerrar os dentes e rosnar uma vez para uma cascavel em Monlith. Era bem difícil tirá-lo do sério. Ouvi dizer que havia ursos na região de Levant, mas não acreditei. Vi raposas mortas na estrada. E também coelhos, gambás, guaxinins. Ao amanhecer, exceto pelos pássaros e pequenos roedores, as únicas outras vivalmas na rua eram os cariacus. Eles se escondiam atrás das árvores e ficavam estáticos enquanto Charlie e eu passávamos. Por respeito, eu tentava não olhá-los nos olhos, e treinei Charlie para também deixá-los em paz. Deve ser legal acreditar que você se torna invisível apenas por ficar parado. Eram belos cervos, alguns grandes como cavalos. Devem ter uma vida boa, pensei. O bosque era tão silencioso que às vezes eu conseguia ouvir a respiração deles.

Blake deve ter estado aqui nas últimas vinte e quatro horas, deduzi, pois Charlie e eu passáramos por ali na manhã anterior e não havia nada, nenhum bilhete. Na volta para casa, não vi pegadas estranhas, nenhuma franja branca ou confete de papel arrancados do caderno espiralado de Blake. Eu já estava em Levant havia um ano, e sentia que o bosque pertencia a Charlie e a mim. Talvez o fato de outra pessoa ter estado ali, no meu bosque, tocando minhas rochas, caminhando pela trilha que abri e ampliei em meio ao bosque me incomodasse mais que o assassinato de Magda. Uma invasão. Era como chegar em casa tarde, ir direto para a cama e descobrir ao acordar que no meio da noite alguém esteve em sua cozinha e comeu sua comida, leu seus livros, limpou a boca com seus guardanapos de pano e olhou a própria cara no seu espelho do banheiro. Eu conseguia imaginar a fúria e o medo de descobrir que alguém tinha deixado migalhas no balcão, a manteiga fora da geladeira, sem falar na faca ensanguentada na pia, ou na faca usada, lavada e deixada para secar. *Ninguém jamais saberá...* Uma coisa dessas bastava para deixar alguém louco. Talvez você nunca mais conseguisse dormir, nunca mais se sentisse seguro dentro da própria casa. Imagine todas as perguntas que surgiriam, sem ninguém senão você mesmo para tentar respondê-las. Talvez o intruso ainda estivesse na casa. Meu Deus, ele podia estar agachado atrás da porta da cozinha, e você ali, de meia e roupão de banho, incomodado com a faca reluzindo no escorredor. Você não tinha usado ela para cortar cebola? Esqueceu que tinha descido as escadas para um lanche noturno, deixou a faca fora da gaveta etc.? Ainda estava sonhando? Eu estava?

Não, não. Era real. Charlie estava ali, assim como o ar, as árvores, o céu sobre minha cabeça, os lindos botões verdes das folhas pendendo dos galhos, avançando rumo à vida, para o que der e vier. Eu conhecia aquele bosque. Conhecia minha cabana, o lago, os pinheiros, a estrada. Ninguém além de mim caminhava regularmente pelo bosque de bétulas. Os vizinhos moravam longe o bastante para terem seus próprios bosques de bétulas, suas próprias trilhas. Por que alguém viria até aqui, só para andar na minha trilha? Por que Blake viera, senão por minha causa? Eu não estava equivocada. O bilhete era uma carta. Quem além de mim poderia tê-lo encontrado? Eu tinha sido escolhida. Bem poderia estar dirigida a mim. *Cara Vesta. Andei te observando...*

Será que Blake estava me observando neste instante, enquanto eu saía apressada do bosque? Imaginei um rapaz adolescente, no processo de retirar a densa máscara juvenil que ocultara sua perversidade. Será que me ver tão assustada lhe dava um prazer estranho? Estaria sua mente se mesclando à minha de alguma forma, plantando esses pensamentos, raciocínios e deduções? *Cara Vesta. Eu sei onde você mora.* Suponhamos que o bosque jamais tivesse sido meu. Suponhamos que *eu* fosse a invasora, e Blake, por fim compelido a agir, tivesse mandado aquela mensagem para me afugentar, para arruinar meu mundo e tê-lo só para si. Minha mente sopesava as possibilidades. Enquanto caminhávamos, peguei o bilhete e li mais uma vez. *Seu nome era Magda.* Essa parte ainda era verdade.

O sol já estava alto no céu quando atravessamos o limite do bosque. À minha frente o dia se apresentava claro e límpido. Não havia nuvens escuras e ameaçadoras, nenhum cheiro de tempestade perturbava o ar fresco da primavera. Nenhum motivo para ficar tensa, nada atrás de mim, nenhuma necessidade de correr. Pois bem, eu havia encontrado um bilhete. Pois bem, e daí? Ele não podia me fazer mal algum. Magda, se um dia representou alguma ameaça, estava morta, já era. E Blake, ao menos segundo dizia, não era um assassino. Estava tudo ali, preto no branco: *Não fui eu.* Eu podia escolher acreditar nisso.

Não havia nada a temer. Era só um pedaço de papel, palavras em uma folha. Besteira ficar tão agitada com isso. Estupidez, até. *Estupidez.*

Descemos a colina, atravessamos a estrada e subimos pela trilha de cascalho até a cabana. Na porta, larguei a guia e limpei as patas de Charlie com um pano, como sempre fazia, segurando o bilhete entre os lábios, dobrando os lábios para dentro de modo a não umedecer o papel. Charlie levantou os olhos para mim, incomodado, mas impassível. Certamente, se houvesse algum perigo, os pelos de seu cangote estariam arrepiados, uma crista eriçada indicaria perigo, risco de morte. Acariciei suas orelhas aveludadas. Entramos em casa.

A cozinha, de orientação oeste, voltada para a trilha de cascalho e o pequeno jardim, ainda estava fresca e escura. De uns tempos para cá comecei a arar um pedacinho de terra logo abaixo da janela da cozinha. Meu plano era plantar flores, talvez alguns tomates, abóboras, cenouras. Nunca tivera um jardim antes. A terra de Monlith era seca demais. Nada crescia naquele solo vermelho e exaurido. Mas em Levant, onde era verde e belo, fiquei inspirada a criar novas vidas. Às vezes, eu ficava de pé diante da pia, olhando para fora pela janela e imaginando como seria o meu jardim. Para além da terra aplainada, ainda em meu terreno, pendiam do galho espesso de um plátano os restos apodrecidos de uma corda de crina de cavalo. Os restos de um balanço, eu presumia, instalado quando ali atrás ainda era um acampamento de verão para escoteiras. O barracão onde guardavam os barcos tinha sido derrubado, mas a minha cabana, estrutura principal do complexo, onde as garotas aprendiam ofícios e faziam suas refeições, sobrevivera ao tempo. Encontrei ali grampos de cabelo enferrujados, dedais, alavancas, agulhas de tricô quebradas e tesouras pequeninas feitas para mãos de crianças, tudo jogado na terra, em meio a larvas e minhocas. Esses pequenos artefatos deviam ter vinte ou trinta anos, talvez mais. Afora o plátano e alguns poucos cepos cortados de carvalhos decrépitos, todas as árvores em meu terreno eram pinheiros altos, em sua maioria pinheiros-brancos. Peguei emprestado na biblioteca um livro com a intenção de estudar a flora local, mas o texto era científico demais, técnico demais, e não tinha imagens o suficiente para prender minha atenção. Eu tinha pouco jeito para a ciência. Walter e sua índole racional esgotaram minha paciência para esse tipo de trabalho mental. Desde a morte dele, meus pensamentos se tornaram mais poéticos. A lógica pura arruinava boa parte da mágica.

Se o bosque de bétulas do outro lado da estrada era bom para caminhadas matutinas, meus pinheiros velhos eram mais adequados para passeios da meia-noite. Debaixo do forro escuro de galhos grossos, o som era abafado pelo tapete de pinhas sob os meus pés. O espaço do pinheiral lembrava um ambiente interno, como o do meu escritório, um local para sentar e ler ou escutar um disco. Um copo de uísque, um blusão de lã quentinho, um abajur de vidro verde, uma cornija escura, tudo isso cairia bem ali. Todavia, nunca explorei o pinheiral a fundo. Ultrapassei o marco de um quilômetro em duas ocasiões, e nas duas acabei sem fôlego. Eu era alérgica a alguma coisa dali, algum tipo de mofo ou esporo, presumi. Via a mata cerrada do pinheiral como uma garantia de segurança; seu ar venenoso forçaria qualquer vagabundo a retroceder. Agora, contudo, sabendo da morte de Magda, eu já não tinha tanta certeza.

Charlie se aproximou e esfregou a cabeça no meu joelho, como se percebesse minha ansiedade. Criatura adorável. Será que eu precisaria de uma arma? Um sistema de alarmes? Desde a mudança, nunca tranquei a porta. Afinal de contas, não tinha nada para ser roubado. Mas agora eu sentia que, na realidade, o bosque de pinheiros talvez atraísse perigo. Se existia um bom lugar onde se esconder, era naquele arvoredo.

O assassino estava ali, visualizei, agachado nas sombras, à espera do momento certo para atacar outra vez. Senti um nó na garganta. Desafiei-me a dar meia-volta e olhar os pinheiros às minhas costas pela janela da cozinha, mas não consegui. Talvez houvesse alguém ali — imaginei Blake vestindo um short de academia maior que o seu tamanho e uma camiseta manchada de sangue, um adolescente magricelo e carrancudo com o rosto perturbado dos possuídos. Ergui o bilhete. *Seu nome era Magda*. Então dobrei o papel e enfiei-o debaixo de uma pilha de correspondências na mesa ao lado da porta. Deixe isso de lado. Vamos, Vesta, disse a mim mesma. Ele continuará aí, se ficar entediada. Você já imaginou coisas o bastante para uma manhã. Não crie problemas para si. Siga em frente com o seu dia.

Acendi a luz, tirei as botas e pendurei o meu casaco. Charlie choramingava aos meus pés, faminto à espera do café da manhã. "Eu sei, eu sei." Tudo na cozinha estava tal qual eu havia deixado. A lata de café de cabeça para baixo no balcão para me lembrar de comprar mais. Louça limpa no escorredor, um prato, uma caneca, uma maçaroca de talheres como de costume, nenhuma faca de açougueiro. O rádio estava ligado, como sempre ficava quando eu saía de casa. Esse era um hábito que vinha de muito tempo atrás. Quando havíamos acabado de nos casar, ainda jovens e pobres — Walter escravo de sua dissertação, eu trabalhando como secretária em um escritório de cobranças médicas —, morávamos em um apartamento no centro da cidade e deixávamos o rádio alto para camuflar o barulho dos vizinhos que atravessava as paredes. Walter achava uma boa ideia deixá-lo ligado quando saíamos à noite para afugentar os ládrões. Eu achava reconfortante chegar em casa e encontrar música tocando, ou então o noticiário. *Bem-vinda de volta*, diziam os locutores. E quando eu precisava deixar Charlie sozinho em casa, agradava-me pensar que ele não passaria o dia inteiro sentado em meio ao silêncio melancólico, mas sim atualizado com cultura e acontecimentos recentes, ou quem sabe escutando Bach, Verdi ou música celta. *Se você acaba de sintonizar...* Mas eu quase nunca deixava Charlie sozinho em Levant. Éramos unha e carne, como dizem. *Essa música que tocou agora...*

Requentei uma panela de frango ensopado com arroz no fogão e enchi o pote de Charlie no chão da cozinha. Desde que nos mudáramos para Levant eu o alimentava com sobras de comida. Por isso, só cozinhava coisas de que nós dois gostávamos, sobretudo no inverno: ensopados, assados, batata-doce, caldo de carne. Essa dieta caseira tornou Charlie mais calmo e deixou seus olhos mais brilhantes, toda sua presença ficou mais nítida. Sabia que ele gostava da minha comida. Sabe, essas coisas simples me davam prazer: eu alimentava meu cão. Olhei para a água do lago pela janela do escritório, calma e pálida ao sol da manhã. Lá estava meu pequeno barco a remo ainda preso junto à doca. Eu ainda precisava ir com ele até a ilha do centro do lago antes do fim da primavera. Os remos estavam bem ali, no escritório, recostados na parede. No último verão, fiquei muito orgulhosa quando remei até o centro do lago e me virei para ver a minha propriedade. Aquilo era meu. Pertencia a mim, um lindo pedacinho do planeta Terra. Só meu. E a ilha, com seu estranho promontório e suas rochas perigosas, alguns pinheiros solitários, um pé de mirtilo e uma clareira onde mal havia espaço para estender um lençol, tudo aquilo era meu também. A posse das coisas me trazia muito conforto. Ninguém jamais poderia interferir. A escritura estava só no meu nome, todos os quase cinco hectares. Eu nem sequer tinha visto tudo, por causa da minha alergia aos pinheiros.

De início, fiquei assustada com a responsabilidade de manter a propriedade, mas conseguia me virar. Ainda precisava chamar alguém para levar embora aquela doca. Um dos lados havia afundado, estava imprestável. Consegui retirá-la da água amarrando os degraus metálicos com uma corda ao reboque do meu carro mas a estrutura virou de ponta-cabeça e a madeira velha e frágil quebrou em alguns pontos. Cobri com uma lona, mas a neve piorou a situação e ela ficou toda lascada e empenada. De qualquer modo, eu não precisava de uma doca. Eu costumava entrar na água antes de subir no barco a remo.

Charlie bebia de seu pote de água. Esquentei o resto de café que estava na geladeira em uma leiteira no fogão. "Tivemos uma manhã e tanto, hein?", eu disse. "Uma pequena história de terror. É de gelar o sangue, não é?" Ao ouvir meu entusiasmo, Charlie trotou em minha direção, as unhas arranhando o piso de madeira. Ajoelhei-me ao seu lado e ele se ergueu sobre as patas traseiras para apoiar as da frente nos meus ombros. "Ah, você quer dançar?" Segurei suas patas de almofadas rosadas e macias e conduzi-o de um lado para o outro pela cozinha. Não era sua brincadeira favorita, mas levava na esportiva. Quando soltei suas patas, ele cabeceou minha coxa, uma espécie de encerramento, e retornou ao pote de água. Peguei meu café e um *bagel* na geladeira e me sentei à mesa do café, de onde se enxergava a água lá fora. Costumava deixar ali um bloco de papel e uma caneta para planejar cada dia.

Eu comprava os *bagels* que comia todos os dias de café da manhã no supermercado, em pacotes de meia dúzia. Não eram lá muito saudáveis — farinha branca, cheios de conservantes —, nem muito saborosos. Eram secos e borrachudos, com uma doçura inadequada para um *bagel*. Mas eu gostava deles mesmo assim. Não tinha comprado uma torradeira. Parecia um luxo desnecessário já que eu tinha um forno tão bom. Mas quem esquenta um forno inteiro só para aquecer um *bagel* ruim? Não tinha importância. Eu os comia frios, um a cada manhã, de terça a domingo. Nas manhãs de segunda, quando os *bagels* acabavam, ia de carro até Bethsmane e comprava café e um *donut* na padaria antes de fazer as compras da semana no supermercado. Aproveitava a ocasião para dar uma volta pela cidade, fingindo-me ocupada, embora na verdade não tivesse nenhum verdadeiro propósito. A vida parecia ser assim: arranjar tarefas para passar o tempo. Sabia que quanto menos tivesse olhado o relógio, mais eu teria aproveitado o dia. Às vezes passava na biblioteca de Bethsmane, no correio, na loja de material de construção. Afora essas aventuras nas manhãs de segunda, eu quase nunca ia à cidade. Cada dia era como o anterior, exceto pelo número decrescente de *bagels* e as variações climáticas. Eu gostava das tempestades que iam e vinham na primavera. No ano anterior, passei muitos dias de chuva dentro de casa, hipnotizada pela turbulência no lago, pelos esguichos de água lançados sobre o telhado e contra as janelas. Em dias assim, minha lista de afazeres era curta: Ler, Cochilar, Comer. O bloco de papel que eu usava para planejar os dias era de folhas de ofício, com páginas muito maiores que a do bilhete de Blake. Mas tanto faz, disse a mim mesma. Todos os dias eu anotava o que faria, e quase todos os dias abandonava os planos pela metade.

Caminhar.
Café da manhã.
Jardim.
Almoço.
Barco.
Rede.
Vinho.
Quebra-cabeças.
Banho.
Jantar.
Ler.
Cama.

Eu não tinha televisão para me distrair. Assistir à TV sempre me deixou apreensiva. Walter dizia que eu ficava de mau humor. Tinha razão. Nunca conseguia me concentrar e curtir os programas, porque sempre pensava em algo melhor do que o que estava vendo na tela e ocupava meus pensamentos com isso, então ficava agitada e precisava me levantar para caminhar um pouco. Eu sentia estar desperdiçando minha vida ali sentada, olhando para uma versão piorada do mundo na tela. Ler já era outra história, claro. Eu gostava de livros. Eles eram silenciosos. Não berravam na minha cara nem se ofendiam se eu desistia deles. Se eu não gostava do que estava lendo, podia atirar o livro no outro lado da sala. Podia queimá-lo na lareira. Podia arrancar as páginas e usá-las para assoar o nariz, ou me limpar no banheiro. Nunca fiz nada disso, claro — a maioria dos livros que eu lia eram da biblioteca. Quando não gostava de alguma coisa, apenas fechava o livro e deixava-o na mesa ao lado da porta, com a lombada virada para a parede para não precisar olhar para ele de novo. Era uma grande satisfação despejar um livro ruim no compartimento de devoluções e escutá-lo se chocando com outros livros dentro do cesto atrás do balcão da bibliotecária. "A senhora pode entregá-lo direto para mim", ela dizia. Ah, não, eu gostava de despejá-lo para o outro lado. Eu me sentia poderosa.

"Ah, desculpa, não vi você aí", eu sussurrava.

A antiga biblioteca de Bethsmane era um pequeno edifício de tijolos onde os livros mais recentes ficavam em mostradores giratórios como os da Woolworth. Tinha uma excelente sala de leitura voltada para um terreno aberto. Algum deputado nascido ali havia doado uma grande quantia de dinheiro, anunciava uma placa. De um lado da sala de leitura havia uma grande escrivaninha com diversos computadores chiques enfileirados. Quase sempre havia jovens utilizando-os. As imponentes poltronas de couro costumavam ficar vazias. As pessoas da região não eram muito chegadas em leitura. Na maioria das vezes, eu escolhia os livros pela capa e pelo título. Se o nome do livro era muito vago, muito abrangente, eu presumia estar diante de um livro composto de generalidades, fadado a me entediar, e supunha que minha mente viajaria demais. Os piores livros eram aqueles com instruções banais para o autoaperfeiçoamento. Às vezes eu dava uma espiada neles, só para rir de suas tolices. "Coma isso e se sinta feliz." Geralmente era assim. Às vezes eu procurava os livros resenhados na rádio pública. Era difícil separar a minha opinião e a do resenhista. Por isso era mais fácil curtir um livro, sentindo que eu já gostava dele. Não precisava discutir tanto comigo mesma, mesmo que não fosse muito interessante.

Enquanto comia meu *bagel* gelado e bebia meu café naquela manhã, sentada à mesa diante das janelas que davam para o lago, anotei meus planos para o dia. Era o mesmo plano de todos os dias anteriores. Eu o reescrevia todos os dias após riscar o plano idêntico do dia anterior. Todo ontem era um fracasso. Não queria ser insultada pelas evidências. Seguia em frente. Havia trabalho a ser feito no jardim. Eu tinha sementes prontas para o plantio: cenouras, nabos, endro e repolho de um lado; girassóis e miosótis do outro. Não seria o jardim mais bonito do mundo, mas ninguém além de mim precisaria olhar para ele. Era um experimento, e também uma forma de me manter ocupada no início do verão. Aquelas terras já eram minhas havia um ano, e só agora eu começara a colocar a mão na massa. Assim eu me sentia útil e contente. Ainda precisava cavar muitos outros buracos, arrancar mais ervas daninhas, espalhar fertilizante, e podia deixar o rádio recostado no vão da janela do escritório enquanto trabalhava e Charlie brincava no pinheiral ou se atirava no lago. Com esse plano em mente, terminei o café, deixei a louça na pia e amarrei as botas. Ali, sobre a mesa junto à porta, estava a correspondência e o bilhete de Blake que encontrei no bosque de bétulas. *Seu nome era Magda.* Abri a janela do escritório e liguei o rádio. *Aqui está seu corpo.*

"Charlie", eu disse, "vamos tomar um pouco de ar."

Não era como se eu tivesse esquecido o bilhete. Ele ficou ali, reescrevendo-se o tempo todo em minha mente enquanto eu tomava o café da manhã e tentava pensar em outras coisas. Consegui evitar pensar nele durante esse tempo, mas agora, estando perto dele outra vez, mesmo sem vê-lo diretamente, apenas os papéis e envelopes sob o qual estava escondido, senti meu coração se avolumando e batendo acelerado outra vez. Ah, Magda. Que você possa descansar em paz, disse mentalmente para ela. O que mais se pode fazer por um morto, senão desejar-lhe o melhor? O que mais poderiam esperar de mim em uma situação dessas? O bilhete não era nenhuma proposta ou convocatória. Era uma nota informativa, não um convite. Ainda assim, muita coisa ficava sem explicação. *Ninguém jamais saberá...* Tanta certeza. *Ninguém jamais...* Estranha, essa sua convicção. Pensei então que poderia haver coisas ocultas no bilhete. Talvez eu devesse ler nas entrelinhas. *Seu nome era Magda...*

Charlie lambeu minha mão, interrompendo meu devaneio sombrio. Lá fora, o sol brilhava. O jardim me chamava. Não, eu não precisava ler o bilhete outra vez. Podia seguir com minha vida. Faria isso. Precisava. Coloquei o chapéu, atando os cordões de náilon debaixo do queixo. Afinal de contas, quem era eu para fazer perguntas? Era apenas uma velha senhorinha, esperando tranquilamente o resto da minha vida passar, sem perturbar ninguém, responsável apenas por mim e meu cachorro.

"Vamos", eu disse.

Charlie correu para fora assim que abri a porta. Observei-o disparar pela trilha de cascalho que descia o leve declive até o lago. Chegando lá, ele pateou a terra úmida e se debateu um pouco nas águas rasas. Ainda estava frio demais para que eu nadasse, mas Charlie era indiferente ao frio. Mesmo no inverno, quando o termômetro da janela da cozinha indicava temperaturas negativas, ele brincava na neve até ficar com a barriga e as patas vermelhas e esfoladas, e depois voltava para casa, todo ofegante, e se enrolava no tapete diante da lareira. Ele era tão querido. Por vezes era tão humano, quando revirava os olhos e bocejava como Walter fazia se eu ficasse inquieta depois do jantar, como se tentasse dizer "Venha relaxar aqui comigo no sofá, deixe meu corpo reconfortá-la, está tudo bem". Escutava Charlie saltitar por aí enquanto eu trabalhava no jardim. Ele desaparecia por longos intervalos, perseguindo esquilos em meio ao pinheiral, voltando depressa para mim de tempos em tempos para ganhar um beijo e um pouco de carinho, por minha causa, parecia. Ele não precisava de mim. Já era primavera, e agora ele passava a maior parte do tempo do lado de fora. Eu precisava atraí-lo para dentro de casa com petiscos e assovios se quisesse sua companhia durante o dia. Nunca tive medo de que ele fugisse. Àquela altura eu já sabia, ele era meu. A grama do vizinho não era mais verde. Ele sempre atendia ao meu chamado. Era como um adolescente, ingênuo e confiante, explorando o mundo como se fosse o dono dele. Tinha uma índole alegre e despreocupada. Parecia ter esquecido do trauma ao lado dos irmãos, dentro da bolsa de lona, todas aquelas pobres e doces criaturinhas. Como era bom saber que era possível esquecer coisas assim. Somos resilientes. Sofremos, nos curamos e seguimos em frente. Em frente, em frente, eu disse a mim mesma enquanto erguia a pazinha de jardinagem.

A terra estava fria e áspera, e embora eu jamais tenha aprendido plantio e cultivo, ou a dar vida a qualquer outro ser, sentia que meu trabalho no jardim era produtivo: espalhar as sementes e cobri-las, arar a terra dura, peneirar os torrões de terra e assim por diante.

Afora a resenha semanal de livros da emissora pública, o rádio em Levant se resumia a sermões cristãos, música pop e rock sombrio transmitido pela estação de uma universidade pública a algumas cidades de distância. Tarde da noite, quando não conseguia dormir, eu escutava um programa cristão que atendia ligações ao vivo do público. As pessoas faziam perguntas sobre a Bíblia, e de vez em quando pediam conselhos para lidar com alguma situação difícil em suas vidas à boa maneira cristã. Fascinava-me o modo como estranhos confiavam assuntos tão sérios ao "pastor Jimmy", sem nenhuma ressalva em expor sua roupa suja nas ondas de rádio. Alguns até informavam o nome completo e a cidade de residência. "Aqui é Patricia Fisher de New Ashford." "Meu nome é Reynold Owens, e moro aqui em Goshen Hills." "Alô, sim. Quem fala é Lacey Gardner, estou ligando de Amity. Acho que o senhor conhece o meu marido."

"Olá, sra. Gardner. Como vai o Kenneth? Ele anda bem de saúde?"

Talvez alguma noite eu ouvisse a ligação de Blake. "Você não me conhece", ele diria. "Mas estou com um problema. É Magda. Ela morreu. Ninguém jamais saberá…"

"Magda, que nome esquisito", diria o pastor Jimmy.

Meu nome também era estranho. Minha vida inteira as pessoas me perguntaram, "Que nome é esse, Vesta Gul?".

"Vesta é um nome antigo na família. Mãe da minha mãe", eu respondia. "Às vezes me chamam de Vi. Meus amigos me chamam assim. E Gul era o sobrenome de meu marido. Significa 'rosa' em turco. Mas ele era da Alemanha."

"É esse o seu sotaque? É um sotaque alemão?", perguntou a mulher do banco em Bethsmane. Walter tinha sotaque alemão, mas eu não. Fui criada em Horseneck. Eu era uma pessoa normal. Era como todo mundo. Se tinha algum sotaque, era sotaque de quem não tinha sotaque. A maioria das pessoas em

Levant falava com uma cadência arrastada, típica da zona rural, às vezes tão forte que eu tinha dificuldade para compreender os fragmentos de conversa que pescava por aí na cidade, ou no posto de gasolina onde abastecia uma vez por mês. Em minhas idas à cidade nas manhãs de segunda-feira eu só conversava com alguns atendentes de loja, a garota do caixa no mercado, o senhor gentil da padaria. "Hoje vai ser simples ou com cobertura?", ele perguntava.

Eu só tinha que dizer "simples, por favor", "sim" e "obrigada". Na biblioteca, era fácil permanecer em silêncio. Um aceno de cabeça aqui, um sorriso ali. Eu só conversava com Charlie, e passávamos a maior parte de nosso tempo juntos em silêncio, compartilhando o espaço mental entre nós, sentindo o vaivém das sensações.

Seu nome era Magda. Magda tinha uma sonoridade esquisita, elástica, como *magma* ou *diafragma*. Espesso, unguento, indomável. Ou *magnum*, palavra que para mim evocava armas de fogo, ou uma marca de preservativos, coisas nas quais eu jamais pensava. *Seu nome era Magda.* Magda era apenas seu apelido, conjecturei. Blake devia conhecê-la bem. Senão, por que se sentiria impelido a cuidar de seu cadáver? Devia amá-la. Mas não a amara o suficiente para fazer muito alvoroço com sua morte. Blake só havia criado alvoroço para mim.

Tirei as luvas de jardinagem e abri rasgando o pacote de sementes de miosótis. Eram surpreendentemente grandes, do tamanho de pequenos carrapatos, e tinham a forma de gotas de chuva, embora fossem mais espinhentas, como um carrapicho. Segurei algumas entre os dedos e despejei-as em um buraco que abri na terra com o dedo. Era difícil acreditar que mais dia, menos dia aquelas coisinhas diminutas germinariam e se tornariam florezinhas azuis, de acordo com a embalagem. O rótulo dizia apenas que elas cresciam em solo comum, exigiam poucos cuidados e levavam de uma a duas semanas para brotar. Quanto tempo as flores levariam para desabrochar?, me perguntei. Eu poderia esperar tanto tempo assim? Imaginei as duas semanas seguintes, uma espera ansiosa para ver os caulezinhos verdes brotando do chão. Poderia enlouquecer de ficar ali sentada, observando. Eu daria um jeito. Pensaria em algo para me manter ocupada. Fui tomada por uma onda de impaciência. Era um sentimento novo. De algum modo, não me sentira assim durante todo o inverno. Havia mergulhado em uma espécie de terra onírica enquanto o mundo congelava e emagrecia, os dias tão curtos que sumiam logo após o café estar pronto. Minha mente tinha ficado sinistramente calma e cinzenta, como se eu tivesse hibernado de novembro até abril. Mas agora os dias estavam ficando mais longos. A alvorada era mais cedo, o crepúsculo, mais tarde. Havia mais tempo para ficar acordada e viva. A maré de paixão estava subindo. Antes de Walter morrer, cheguei a tomar pílulas para acalmar os nervos. Mas, após sua morte, me pareceu falta de respeito tentar entorpecer o meu luto. Então virei tudo na privada e dei descarga. Ali no jardim, me arrependi disso por um instante. O nome do remédio era Lorazepam. Se quisesse um pouco agora, precisaria implorar para um médico em Bethsmane. Dá para imaginar o jeito como ele me olharia. Não, eu não aguentaria uma humilhação dessas. Precisava domar meus nervos por conta própria.

Terminei de plantar as sementes, cobri todos os meus tesouros enterrados com uma camada fina de húmus e borrifei uma névoa fina sobre o jardinzinho com a mangueira. Eu sabia que ali não era o local ideal para um jardim. Seria melhor fazê--lo junto à janela do escritório, ou no pátio estreito de orientação solar norte, próximo ao barracão. No próximo verão eu traçaria uma estratégia. Já estaria mais esperta, pensei. Por ora, contentava-me em ter feito o que me dispusera a fazer. Coloquei minhas ferramentas em um balde de plástico vermelho e atirei no pinheiral uma rocha que arranquei do chão para não tropeçar nela mais tarde. Charlie, ao ver o gesto de longe, saiu do lago a galope, com vontade de brincar.

Atirei um graveto para ele. O galhinho pairou no ar e adentrou o pinheiral. Charlie partiu em sua perseguição com grande destreza, mas em ritmo ponderado. Estava calmo e feliz o suficiente para não agir com histeria. Sabia que, no fim das contas, aquilo era só um graveto, e não um rifle de caça atirando em um tetraz, uma lebre ou uma doninha. Não havia nenhum corpo ensanguentado cambaleando em meio aos arbustos para ser capturado e trazido até mim. Demorou o quanto quis. Nos momentos em que fiquei ali sozinha, esperando Charlie retornar saltitante com o graveto entre os dentes, senti uma lufada de ar gelado quando nuvens cobriram o sol; estremeci e senti certa melancolia enquanto minha mente retornava a Walter outra vez. Um pensamento simples: ele havia partido e jamais retornaria. Estava morto. Agora não passava de cinzas dentro de uma urna de bronze na minha mesa de cabeceira no segundo andar, um simples loft acima da cozinha com uma janela em cima da minha cama para que eu pudesse olhar as estrelas sobre o lago durante a noite. O loft não foi feito para aguentar muito peso, e por isso ali só havia a cama e uma mesinha. Tinha receio de que com qualquer coisa além disso o piso cedesse e nós nos espatifássemos no chão. Quando Charlie se agitava e revirava durante a noite, eu escutava as vigas rangerem. Não que me preocupasse de verdade. Eu dormia muito bem em Levant. O silêncio era mortal, apenas o arrulho de algumas mobelhas. Conservei as cinzas de Walter por mais tempo do que imaginava. Eu as trouxera para Levant com a intenção de atirá-las no lago — meu lago — e vê-lo se desintegrar na água para que eu sempre pudesse tê-lo ali, batendo em meus pés, envolvendo meu corpo quando eu nadava ou fazendo cócegas nos meus dedos enquanto eu rompia a superfície nos meus passeios de barco de ida e volta à pequena ilha — minha ilha. Mas ainda não tinha feito isso. Logo, logo, eu dizia a mim mesma. Quando estiver mais quente.

Assoviei para Charlie. Podia ouvi-lo correndo ao meu redor, provavelmente pisando sobre as pinhas secas e escorregadias. Charlie não conhecera Walter. Na verdade, talvez tivesse nascido no dia da morte de Walter. Nunca tinha feito esse cálculo antes, mas agora parecia fazer sentido — uma vida se esvai, outra surge. *Ninguém jamais saberá quem a matou.* Eu sabia o que tinha matado Walter. Não gostava de lembrar disso. As últimas noites no hospital em Monlith, o modo como as enfermeiras me olhavam com pena, os médicos ociosos junto à porta. "Pode acontecer a qualquer momento", diziam-me, como se a morte de Walter estivesse demorando demais e eu estivesse impaciente. Como se a morte fosse coisa a se esperar. Não, eu não era esse tipo de mulher. Não esperaria a morte. Eu me aferraria à vida, acariciaria a mão de Walter, faria cafuné em sua cabeça, beijaria sua testa e bochecha enquanto restasse vida nele. Não sabia se ele conseguia me ouvir quando eu falava. Falei muito enquanto ele morria. Achei que era o esperado de mim. Havíamos passado quase quatro décadas inteiras juntos em Monlith, dias inteiros quase sem nos falarmos, não por despeito, mas porque não parecia haver necessidade. Éramos uma só mente. Conhecíamos um ao outro. Mas aí, de repente, quando Walter estava morrendo, eu tinha muito a dizer. Chorava e pedia e rezava, embora nunca tivesse sido muito de rezar. "Ó, por favor, Deus, dê só mais um dia a ele", eu disse, a cabeça encostada junto à dele no travesseiro branco e engomado, um cheiro químico azedo emanando de seu corpo descorado. E dia após dia minhas preces eram atendidas. Até o dia em que não foram. E então ele foi para um lugar melhor, como dizem. Mas não havia partido de todo. Seu corpo ainda estava ali, deitado, em repouso, bem calmo, como se após um dia difícil no trabalho ele tivesse tomado, como fazia de vez em quando, uma pílula para dormir ou um de meus Lorazepams. "Ele está só dormindo?", perguntei à enfermeira. Como fui tola. "Estava só conversando com ele, como sempre faço, e daí essa máquina começou..." Eu dera o meu melhor. Fui tão interessante quanto pude. Esforcei-me muito para manter Walter ali no quarto comigo. Anos antes de sua doença, eu dissera: "Se você morrer antes de mim, por favor, me mande um sinal. Do jeito que der. Só para eu saber que você está por perto e que tudo está bem no lugar aonde vamos depois de morrer, seja lá onde for". Ele devia achar que eu estava brincando. "Sim, sim, Vesta. Vou fazer isso. Não se preocupe." Tentei lembrá-lo disso no quarto do hospital. Eu conversava até com o ar da sala, como se Walter tivesse deixado seu corpo e agora pairasse pelo espaço acima de seu leito, flutuando no ar frio e estéril do hospital. Alguns minutos mais tarde, seu corpo afrouxou de um jeito que eu nunca tinha visto. Suas mãos ficaram frias. Um borrão.

Charlie voltou, não mais carregando o graveto que eu tinha atirado, mas um galho podre e avermelhado de um pinheiro caído, quase macio por seu estado de degradação. "Bom garoto", eu disse, e tateei o bolso em busca de um petisco. Mas tinham ficado no casaco que pendurei depois da nossa caminhada matinal. Era bem provável que os petiscos estivessem esfarelados por causa do peso das rochas pretas que haviam segurado o bilhete no chão. *Seu nome era Magda*. Afastei esse pensamento. Agora eu só precisava entrar de novo em casa, descansar um pouco e começar a preparar meu almoço com os últimos restos de comida de que dispunha para me sustentar até o dia seguinte, uma segunda-feira, dia de ir à cidade fazer as compras da semana. Tirei o rádio da janela e o desliguei. Charlie estava parado no vão da porta aberta, sem vontade de largar o grande galho podre para entrar em casa.

"Meu nome era Magda", imaginei uma voz dizendo no programa cristão. "Ninguém sabe quem me matou. Não foi Blake."

"Bom dia, Magda", talvez o pastor Jimmy dissesse. "Sinto muito por seu problema. Noto uma profunda tristeza em sua voz hoje. Se serve de consolo, você não está sozinha. Todas as criaturas de Deus morrem. A morte é parte natural do ciclo da vida, não é um fim. Não a encare por um instante sequer como algo negativo. Se importa em me dizer de onde está ligando? E como posso ajudá-la? Você gostaria de fazer alguma pergunta?"

"Lá está meu corpo morto, ali no bosque de bétulas, perto do antigo acampamento de escoteiras que agora pertence a Vesta Gul. Não sei se o senhor pode fazer algo por mim, pastor. Só senti vontade de ligar."

"Você disse Vesta Gul? Que nome é esse?"

Nenhuma resposta.

"Você tem algum recado para a senhora Gul, caso ela esteja nos ouvindo?"

"Por favor, venha me encontrar. Estou aqui, em algum lugar perto de você. A senhora é a única que sabe."

Quanta besteira.

A voz em minha imaginação era parecida com a minha — cordial, uma leveza monocórdia sob a gravidade da morte. Magda devia ser mais irritadiça. Toda garota morta deveria soar histérica. Eu jamais me permiti soar assim. Walter cortava meu mau humor pela raiz tão logo o primeiro sinal de indisposição surgia no meu rosto.

Sacudi a cabeça e abri a geladeira.

"Charlie", disse, "vamos à cidade. Toda essa comida está velha e nojenta. E quero uma boa xícara de café. Minha cabeça está girando."

E com isso limpei as patas de Charlie, peguei meu casaco, minha bolsa e a coleira de Charlie no cabide da parede e fui com ele para o carro. Não tranquei a porta da cabana. Não,

não faria isso. Não tinha ninguém à espreita no bosque, disse a mim mesma. A desconfiança atrai o perigo, não é? Cultive pensamentos leves e alegres e só terá coisas boas. Se havia alguém à espreita no bosque, era Magda. E ela estava morta. *Aqui está seu corpo.* Era tão horrível assim? Havia coisas mortas por toda parte — folhas, grama, insetos, todas as criaturas de Deus morriam —, e nenhuma daquelas do bosque — esquilos, ratos, nem mesmo cervos e coelhos —, nenhuma *delas* jamais era encontrada. Nenhuma *delas* jamais era enterrada. E o que havia de tão errado com isso? Nada. A Terra verde de Deus, disse a mim mesma.

Dirigimos pela trilha de cascalho, percorremos a estrada de terra, acessamos a Rota 17. Nem sequer olhei para o bosque de bétulas ao passar por ele. Não tive vontade. Não precisava. E não precisava fazer nada que não quisesse. Por isso viera até aqui, a Levant — só para fazer exatamente o que eu queria.

Dois

A cidade de Bethsmane ficava a dezesseis quilômetros de minha cabana. Abri a minha janela e depois a de Charlie, coloquei o cotovelo para fora e ele o focinho, de olhos fechados, aparentando êxtase pela emoção de sentir o vento bater. Contornei o lago, passando pela entrada da garagem do meu único vizinho, que tinha a grama alta e uma caixa de correio enferrujada em uma curva fechada da estrada. O pinheiral escuro se estendia pela Rota 17, que peguei no sentido leste, passando pela lojinha com uma bomba de gasolina solitária e anúncios de café quente, leite, ovos, iscas vivas e gelo. Eu só tinha ido ali um punhado de vezes para comprar fósforos e alguns itens básicos durante o inverno, quando estava preocupada ou sonolenta demais para dirigir até Bethsmane no asfalto coberto de gelo. Um homem taciturno de meia-idade com cicatrizes feias trabalhava no lugar. Ele tinha sulcos profundos no lado esquerdo do rosto, e na porção central, acima do nariz, que era apenas uma pequena saliência com dois buracos apontando para baixo, havia um retângulo de pele colocado sobre sua cara como um tapete. Se fosse arriscar um palpite, diria que a pele fora tirada do antebraço, pois estava sem pelos, bronzeada e enrugada como são os braços masculinos, ou seriam, caso fossem depilados. Aquela estranha porção de pele tinha sido costurada em torno da testa e descia pelas duas bochechas, como um boneco de ventríloquo, e terminava em sua boca, que era normal, talvez um pouco mais amarronzada que a média. O queixo parecia intacto, nada digno de nota. Quando o homem se virava para a esquerda e só o lado direito ficava visível, parecia meio bonito, apesar do nariz em forma de caroço que lembrava o de um gato visto de perfil. Voltado para a direita, o homem tinha cabelo cerrado, e a testa, as órbitas oculares e os ossos das bochechas eram bem delineados, masculinos, com um olho bom, atencioso e nada desinteligente. Percebi que seu cabelo estava penteado com cuidado, talvez porque a raiz do lado esquerdo parecia ter sido reconstruída. Sua geometria era estranha, nem todas as mechas pareciam fluir na direção correta. Eu não conseguia encarar sua orelha esquerda, semelhante a um naco de vela derretido até o fim. E o nariz. Era horrível mesmo. Foi difícil olhá-lo nos olhos enquanto pagava. "Acidente de caça", ele disse. Desde então eu me perguntava como alguém leva um tiro na cabeça desse jeito por acidente. Não entendo muita coisa — na verdade, não entendo nada — de armas e caça. Rifles. Chumbo grosso. Já tinha escutado essas palavras. Sabia que as pessoas caçavam cervos perto dali, mas em Levant a prática era proibida. Ninguém caçava cervos nem qualquer outro animal no bosque de bétulas ou no meu pinheiral. Colocaram placas. Enquanto dirigia, perguntei-me se Magda não poderia ter sido morta por acidente. Nem toda morte resultava de um assassinato, afinal. Mas alguma coisa era mesmo feita por acidente? Pastor Jimmy, em uma tentativa de apaziguar a ansiedade dos ouvintes, proclamava com frequência e absoluta convicção que "nada no universo de Deus acontece por acidente. Tudo tem seu motivo". Essa frase batida.

Bethsmane era feia. Havia placas de "Vende-se" na metade das caminhonetes e motor homes. Parecia absurdo que alguém escolhesse viver num lugar desses, para morar em uma casa pré-fabricada barata com paredes de alumínio, levar os filhos para o colégio todas as manhãs, dirigir até o trabalho — Onde?

Para fazer o quê? — e voltar para casa à noite, sentar no sofá e assistir televisão. Era uma ideia triste. Imaginei os jantares em família: travessas de vagem, macarrão com queijo, copos de refrigerante de laranja e cerveja barata, sorvete de chocolate. Eu não queria viver assim.

Estacionei na vaga em frente ao mercado e escancarei as janelas do carro para Charlie. "Já volto. Nada de uivar." Lá dentro, fui depressa para a seção de hortifrúti. Não havia muita variedade, e eu sempre comprava as mesmas coisas: uma cebola, dois tomates pitanga frios e farinhentos, um pepino oleoso, um repolho verde, uma alface americana, duas cenouras, dois limões, uma maçã, uma laranja, um saco de uvas roxas. No final gélido da seção de carnes, eu escolhia um frango inteiro e um pacote de ossos bovinos para Charlie. Depois uma caixa de leite e um potinho de queijo cottage. Então café e meia dúzia de *bagels* da estante junto aos pães, onde bolos de aniversário festivamente decorados repousavam ao lado de uma vitrine embaçada de donuts. Vi uma mulher gorda pegar um saquinho de papel na gôndola, abrir a portinhola opaca do mostrador e selecionar mais ou menos uma dúzia de donuts com cobertura de chocolate, largar cada um deles na embalagem, lamber os dedos e esfregá-los no casaco de lã preta, que estava com os botões bem justos ao redor de seu ventre fornido e a parte de trás abria forçando a costura. Passei a reconhecer esse tipo de gente em minhas idas a Bethsmane: mulheres pesadas, grandes feito vacas, cujos tornozelos grossos pareciam estalar enquanto elas cambaleavam entre os corredores com seus imensos carrinhos de compras repletos de porcarias. Era uma tarde de domingo. Perguntei-me se aquela mulher comeria os donuts sozinha diante de sua televisão via satélite, imaginando-se inserida nos dramas de suas novelas vespertinas, ou torcendo sem muita convicção para ganhar um novo jogo de mesa ou uma viagem para Boca nos sorteios de *The Price is Right*. Eu tinha assistido a esse programa uma vez no consultório do meu dentista em Monlith.

Será que Magda tinha sido uma dessas mulheres gordas? Tinha a impressão de que não. *Aqui está seu corpo*. Imaginei-a adolescente, ágil e desengonçada, cabelo escuro comprido, a jaqueta colegial de mangas brancas de couro, de um número maior que o dela, com algum emblema nas costas comprovando ironicamente sua fidelidade a alguma equipe esportiva local. Suas pernas eram compridas, longas demais para seus jeans. Um pouco de pele à mostra no espaço entre a bainha da calça e as meias brancas. Tênis pretos ou azuis, pouco marcantes. Sujos e gastos, com certo charme, pensei. Não era o tipo de garota que anda por aí de salto alto, fingindo ser um prêmio a ser conquistado. E, contudo, ela deve ter sido especial. Descolada, talvez, com uma elegância bruta e natural. Como se chamava Magda, devia ter algo de exótico. Tínhamos isso em comum, pois meus pais haviam migrado durante a guerra trazendo consigo sua paranoia e suas estranhas persuasões. Imaginei que os pais de Magda fossem imigrantes, como os meus, ou quem sabe apenas leais à sua linhagem de um jeito que a maioria das pessoas não era. "Vamos chamá-la de Magda." Pais verdadeiramente americanos não colocariam esse nome na filha. Imaginei que, como os meus pais, eles vinham do Leste Europeu, gente fria vinda de um lugar frio com invernos rigorosos, senhoras com chapéus e estolas de pele, catedrais, sopas ralas, fortes bebidas caseiras, um mundo de cidades cinzas, fazendas inclementes e morros íngremes, um lobo à solta aterrorizando o vilarejo etc. Talvez Levant fizesse Magda se lembrar de casa. Ela não ligava para as mulheres gordas no supermercado nem para as casas baratas de alumínio. Achava o lugar bonito, sim, embora ofuscado por uma triste reminiscência de seu passado, de sua terra natal. Levant era como um esconderijo, um ponto de descanso. É muito estressante ser arrancado de um mundo e arremessado em outro. Perdemos nossas raízes, por maior que seja nosso apreço às tradições. Vi isso acontecer com meus pais — as tradições mudam. Comida, feriados, modos de vestir. Ou assimilamos ou vivemos para sempre como que em exílio. Pobre Magda, deve ter sido um ajuste difícil. E assim eu sentia conhecê-la. Eu também era uma estranha em Levant.

Walter era de Bremen. Quando estava cansado ou doente, o sotaque ficava mais forte, trocava o *v* pelo *f*, o *g* pelo *ch*, sibilando curto quando estava bêbado, "Por fafor, Festa, fá se zeitar". Talvez a língua materna de Magda tenha aparecido quando ela implorou por sua vida no bosque de bétulas. *"Vie, vie?"* De onde teria vindo? Budapeste, ou Bucareste, ou Belarus? Istambul era oriental demais. Varsóvia ou Praga. Belgrado?

Os meus pais eram de Valtura, um pequeno vilarejo no Adriático. Fazendeiros, venderam suas terras antes de a guerra ficar séria e vieram de barco sem nenhum plano. Eles me tiveram mais tarde e me criaram nas planícies de Horseneck, onde os únicos imigrantes além deles eram uma família da China. Não que eu me importasse muito. Enturmei-me bem no colégio. Quando todo mundo é pobre, as pequenas diferenças não interessam tanto. As pessoas de Horseneck e Shinscreek, para onde nos mudamos quando eu estava no ensino médio, eram acolhedoras. Tive uma infância feliz. Meus pais nunca me deixaram esquecer da sorte que tinha. Tiveram outro filho antes de mim que morreu afogado em Valtura. "Você foi poupada da vida camponesa" foi o que Walter me explicou ao conhecer meus pais. Quando estávamos noivos, fomos visitá-los no pequeno apartamento deles em Shinscreek. Não é uma lembrança maravilhosa. Vi com muita clareza que precisaria abandonar minhas raízes para levar uma vida mais confortável ao lado de Walter. Era uma escolha fácil, mas também triste. Nós dois concordamos que não precisávamos de filhos para complicar nossa vida. Nenhum de nós queria ter filhos.

Magda poderia ter sido minha filha, pensei por um instante. Sua idade seria compatível se eu a tivesse tido bem tarde, tarde demais, um descuido, um acidente, um bebê milagroso. E esse seria o único tipo de filho possível para mim. Walter me proibira de usar pílulas anticoncepcionais. Dizia que elas roubavam a integridade de uma mulher. Tínhamos nossos métodos. Eu deixava tudo a cargo de Walter. Era uma bagunça, mas melhor do que as alternativas em que eu conseguia pensar.

Eu podia imaginar essa minha filha já adolescente, dando as costas para mim em sinal de desafio, subindo correndo as escadas na velha casa de Monlith. Podia imaginar seu quarto, o belo papel de parede rasgado em um dos lados, bilhetes, tiras de fotos de cabine e cartões-postais pendurados na parede e encaixados na moldura do espelho sobre uma escrivaninha onde se acumulavam papéis de chiclete e antigas fitas cassete, romances policiais e mistérios de vampiros com orelhas, um canivete suíço enferrujado, uma grande pinha empoeirada, um batom barato cor de laranja.

Conseguia imaginá-la resmungando "me deixe em paz" se eu batesse na porta enquanto ela lia. Podia imaginá-la me chamando de Mãe, um som comprido e irritado, ããã. Se ao menos Charlie pudesse aprender a falar. Sempre quis ser chamada por algo diferente do meu nome. Vesta, senhorita Lesh, senhora Gul.

Em minha mente, o rosto de Magda ainda se escondia detrás da cortina de cabelo negro e sedoso, enfiado no chão macio do silencioso bosque de bétulas. Provavelmente, vermes e larvas se arrastavam por seus lábios para entrar em sua boca. Como ela poderia falar se estava com a boca cheia dessas coisas? O que poderia querer me dizer? Seu corpo falaria por si só, presumi. Talvez suas unhas estivessem pintadas de esmalte vermelho-escuro. Talvez usasse brincos de diamantes falsos, um presente que ganhara de aniversário. De algum admirador, decerto. Um homem mais velho. Não Blake, ele era apenas um rapaz, não seria ele a lhe comprar diamantes. O cabelo dela, esparramado pelo solo da floresta, já devia estar úmido agora, cheio de folhas mortas e detritos, mas imaginei-o ainda com um aspecto lustroso, vibrante. Uma garota tão jovem, uns dezenove anos? No máximo dezenove e meio. "Magda." Cacarejei para mim mesma. Uma pena você ter que morrer. Que mundo estúpido, cruel. E, no entanto, não parecia um mundo real. Não era o meu mundo. O mundo de Magda era estúpido e cruel. O meu tinha uma nota de mistério, mas, afora isso, era plácido e agradável. Walter me contara histórias da guerra, e elas eram pior que livros de vampiros. Tampouco pareciam reais. Era estúpido e cruel que alguém precisasse morrer antes de estar pronto para isso, ainda com a sensação de ter mais vida pela frente. Walter estava pronto para morrer, pensei. Morreu quase de propósito. "Já estou entediado, vamos acabar logo com isso." Essa era sua postura.

Dava para imaginar as mortes daquelas bezerras sem graça que apinhavam os corredores do mercado, mães tristes sem nada para fazer além de comer e dobrar roupas com os dedos diminutos e atarracados que despontavam de suas imensas manzorras inchadas. Suas vidas deviam parecer uma lenga-lenga sem sentido. Será que em algum momento elas pensavam em si? Por que pareciam tão idiotas, feito animais domesticados pastando e regurgitando até o momento do abate, semiadormecidas? Eu não conseguia sentir nada além de pena por aquelas mulheres, imaginando cada uma delas estrangulada ou morta a pauladas no meu bosque de bétulas, deixadas para apodrecerem ou serem devoradas por lobos. Uma mulher deveria ser velada para descansar com dignidade, claro. Pouco importa onde ela mora ou o que faz da vida. Quando eu morrer, pensei de repente com melancolia, enterrem-me ao pé de uma macieira. Deixei-me levar por esse pensamento. E então ele me pareceu ridículo, como de fato era, pois ninguém estava ouvindo. Ri sozinha e alisei os cabelos brancos com os dedos.

Magda não devia ser muito bonita, deduzi. Se fosse muito bonita, haveria gente procurando por ela. Ela devia ter admiradores, sem dúvidas. Toda adolescente tem. Eu me preocuparia com ela saindo à noite, fumando em uma casa na árvore ou cheirando solventes — tinha lido sobre isso em uma revista, na fila do mercado na semana anterior. Mas não devia ser muito popular, nem muito amada. Talvez ninguém tenha sentido sua falta. Provavelmente as pessoas de Levant estivessem ainda mais felizes ao ignorar seu sumiço. Talvez preferissem fazer vista grossa a certas características de Magda. Ou ela era um fardo, uma personalidade incômoda que deixava as pessoas com a pulga atrás da orelha, embora ninguém soubesse explicar exatamente por quê. Ninguém jamais questionaria sua ausência, como se a menção de seu nome pudesse conjurá-la de volta, e todos estavam contentes por ela ter sumido. Seus pais em Belarus haviam ficado contentes com sua partida, exaustos da tristeza e das queixas dela. Botaram ela na rua, imaginei. "Você não faz nada além de escovar o cabelo e fumar na janela", talvez sua mãe tivesse dito enquanto mexia a panela de sopa. "Vá arranjar um trabalho. Se odeia tanto assim a escola, caia fora e faça alguma coisa." "Você é uma ingrata. Acha que a vida é muito difícil só porque não é uma dessas vagabundas na televisão? Garotas feias arranjam maridos honestos. Graças a Deus você não é bonita." Ou seu pai, bêbado de licor de ameixa ou algo do tipo, sentado em um sofá de tapeçaria diante da televisão de imagem granulada, uma toalhinha de renda cobrindo a velha mesa de café, dissera "Saia já da minha casa, Magda. Não aguento mais nem olhar para você. Você me deixa furioso. Se a vida conosco é tão triste assim, vá para os Estados Unidos. Vá trabalhar em um McDonald's". Talvez eu fosse a única pessoa que se importava com o desaparecimento de Magda. Blake ligava o suficiente para deixar um bilhete, mas será que isso era ligar de verdade? Se uma amiga minha estivesse morta no bosque de bétulas, sem dúvidas eu faria algo além de deixar um bilhete. E resolvi fazer isso. Decidi ali, naquele momento: faria algo além disso. Vou socorrê-la, Magda, disse mentalmente. Enquanto eu percorria os corredores de sopa enlatada e caixas de cereal, ninguém no mercado parecia reparar na agitação de meus pensamentos. Ninguém no mercado parecia reparar em mim, do modo que fosse.

Entrei na fila do caixa e olhei para as pessoas ao meu redor. Se alguém ali conhecia Magda, se alguém se importava com ela, não tinha percebido que ela desaparecera. Ela faltara ao trabalho. Talvez tivesse saído com Blake, presumi, e os dois tivessem se metido em apuros. Blake outra vez. Como ousava largar o corpo de Magda lá, sozinho. Devia estar envolvido de algum jeito. Eu não era especialista em crimes, mas de uma coisa eu sabia: Blake era suspeito. Estivera em contato com o cadáver de Magda. Sabia de alguma coisa. *Não fui eu.* Sua negação só demonstrava medo e paranoia. E se eu sabia alguma coisa sobre paranoia, era que ela nascia da culpa e do arrependimento. Sempre. Vi isso com toda clareza em Walter quando tivemos nossos problemas. Os culpados sempre dizem: "Você está louca". Tentam invalidar suas perguntas. "Você está paranoica", insistia Walter. Os culpados sempre tentam desviar nossa atenção. "Só estáfamos confersando! Eu só tafa achutando ela!", ele disse. *Ninguém jamais irá encontrá-la.* Blake era culpado de alguma coisa, fosse assassinato, negligência ou burrice — eu ainda não sabia o quê. Se havia algo a ser feito, a primeira coisa era encontrar o rapaz. Eu tinha poucas informações que serviam de ponto de partida. Mas, como disse, a cidade era pequena. O tal do Blake sabia escrever. Ao menos disso eu sabia. E era razoável o bastante para saber se alguém estava vivo ou não. Ele deve ter sentido o pulso ou a garganta de Magda. Perguntei-me por quanto tempo teria esperado, torcendo para sentir ou não sentir o coração dela bater. Três minutos sem pulso bastavam para declarar alguém morto. Eu sabia disso. Mas havia histórias no rádio, lembrei, de pessoas que voltaram à vida após horas, dias, até. "Jesus morreu, foi enterrado e três dias depois se levantou", disse o pastor Jimmy. Afinal de contas, qual era o real significado de estar morto? Se continuamos vivos nos primeiros minutos sem pulso, um coração batendo não é pré-requisito para estar vivo. O coração não serve de parâmetro. Mesmo após a morte do coração, outros órgãos continuam vivos. Então, onde traçar a linha entre vivo e morto? É o cérebro que morre quando o coração para de bombear sangue. Sim, é verdade. O cérebro precisa do oxigênio entregue pelos pulmões e pelo coração. E sem cérebro não há mente, diziam os médicos: se o cérebro morre, a pessoa já era. A mente acabou. Mas e se os médicos estivessem errados? E se o espaço mental não fosse criação do cérebro e perdurasse mesmo após a morte? Ah, eu poderia passar horas imaginando todo tipo de teoria. Às vezes eu perguntava: Walter, você está ouvindo isso? Será que ele ainda estava ali, compartilhando o espaço mental comigo? O que pensaria se pudesse ver a minha nova vida em Levant, uma velha senhora solitária no bosque, ao lado de um cachorro? Walter sempre odiou cães. Como eu pude amar um homem que odiava cães? Todos temos nossas questões e peculiaridades, disse a mim mesma.

Assim, ainda que o coração de Magda tivesse parado, sua pele e suas unhas, talvez até seus dentes, ainda podiam estar vivos. Olhei para o relógio. Já eram quase onze. As células da pele vivem quanto tempo, doze horas? Magda tinha sido assassinada ontem, ou depois da meia-noite? Ou dias atrás? Só o seu cadáver poderia dizer. E vai saber para onde haviam arrastado seu corpo após o crime. Talvez algum animal o tivesse levado. Um urso sozinho daria conta de um corpo humano inteiro, sem deixar nenhum traço de sangue, nada? Eu poderia voltar ao bosque de bétulas e olhar mais um pouco em busca de outras pistas, de vestígios do corpo, mas estava apavorada. Era tranquilo pensar na morte, mas sentia que acabaria infectada se chegasse muito perto dela. Ela me transformaria. O cadáver de Walter já tinha sido ruim o bastante, e não fiquei muito tempo olhando para ele. Em um instante ele estava lá, estava vivo ali dentro, e no instante seguinte não estava mais. Foi aterrorizante, só isso. Caso tivesse encontrado Magda mutilada e ensanguentada, teria sofrido um ataque dos nervos. Poderia ter arruinado minha cabeça, pensei. Poderia me enlouquecer. E eu não estava em condições de passar por isso. Precisava cuidar de Charlie. Meu jardim já estava crescendo. E quem eu era? Só uma pessoa, uma mulher de setenta e dois anos. Será possível? Estava tão velha assim? Eu tinha meus próprios problemas. Tinha meus próprios planos, meu próprio caminho a trilhar. Precisava remar até a ilha. Tinha que preparar uma refeição para o almoço. Ler um livro, varrer, escovar a pelagem de Charlie e catar carrapatos. Magda e Blake não eram problema meu.

Mas eu ainda tinha o bilhete. O problema era o bilhete. Agora ele era uma prova, e estava comigo. Se alguma coisa acontecesse, se a polícia se envolvesse, eu precisaria depor. Precisaria confessar, "Sim, esteve comigo o tempo todo". E eu mentiria, "Aqui, embaixo desse montinho de papéis. Ah, eu já estou velha. Esqueço tudo. Mal o li, achei que era lixo". Quem acreditaria em mim? Jogariam-me na prisão. Ocultar as provas de um crime era um crime por si só, não? Aquele bilhete me tornava cúmplice, ou até suspeita. "Mulher estranha, de fora da cidade, com um nome esquisito." "O que a trouxe a Levant?" A polícia tinha me perguntado isso quando me mudei para a cabana. De todos os habitantes locais, eles se mostraram os menos agradáveis. De pé em frente à porta, as mãos na cintura, como se eu representasse algum tipo de ameaça. Tinham vindo à minha cabana para me intimidar, pensei, e assim me doutrinar, por assim dizer, na cultura de Levant.

"Os invernos são frios por aqui. O condado faz o que pode para manter as estradas limpas, mas uma moça como a senhora precisa tomar precauções. Se alguma coisa acontecer, nos ligue na hora, tá bom?" Eles me chamavam de "senhora Gol".

"Gul", respondi. "Nada a ver com futebol." E então, como se achasse que isso poderia amaciá-los, falei: "Mas por favor, me chamem de Vesta".

"Já instalou o telefone fixo, dona?"

Respondi que pediria para ligarem a linha em breve, embora, passado um ano, ainda não o tivesse feito. Não precisava de telefone. Não tinha para quem telefonar, e ninguém telefonaria para mim. Mas aqueles policiais eram persistentes. "A senhora não está abrigando nenhum sujeito estranho, né, nenhum inquilino? Existe um regulamento específico para inquilinos. A senhora não pode alugar quartos aqui como se fosse um hotel, sabe disso, não sabe? O condado tem regras estritas." Sacudi a cabeça. Ninguém havia posto o pé dentro da cabana, à exceção de alguns faz-tudo. "E nenhum namoradinho?" Dei uma risadinha, embora preferisse não ter feito isso. "E ninguém veio falar com a senhora? Se vir alguma coisa suspeita, se alguém tentar contatá-la, é bom saber que, às vezes, há pessoas mal-intencionadas por aqui. Tivemos problemas, principalmente com os jovens, eles enchem a cara e fazem besteiras. E claro, há as drogas caseiras. Nada com que a senhora deva se preocupar. Basta estar ciente. Sabe, a senhora arranjou um belo cantinho, mas aqui não é exatamente um vilarejo de aposentados", disseram.

Eu sabia do que estavam falando. "Tempos difíceis", comentei assentindo. Segurei Charlie pela coleira e fiquei escutando o discurso pronto dos policiais.

"Se a senhora vir algo de estranho, se alguém lhe pedir qualquer favor..."

"Que tipo de favor? Não tenho permissão para me dar bem com os vizinhos?"

"Não há por que se assustar", eles disseram. "Só esteja informada. Existe uma boa razão para esse terreno ter sido tão barato."

"Obrigada", disse quando terminaram, e fechei a porta na cara deles.

Nunca fiquei sabendo de nenhuma atividade criminosa. Estava em Levant havia um ano, e o pior que vi acontecer foi um acidente de carro. Um motorista acertou uma árvore na Rota 17. Passei por um caminhão guincho levando a sucata no reboque. Mas foi só isso. Não gostei daqueles policiais, de seus rostos flácidos e ressecados, escrutinando minha casa, meu espaço particular, de arma na cintura, distintivos reluzentes, pavoneando-se em meu terreno como se fossem eles os proprietários. Inveja, era isso, tinham inveja porque eu tinha dinheiro para comprar o acampamento. Era uma propriedade de primeira, e eu havia comprado por um valor abaixo do mercado. Se ninguém em Levant ou em Bethsmane tinha recursos para comprá-la, deveriam ficar contentes por eu tê-la salvado da ruína. Enfim, eu pagava meus impostos. Em última instância, aqueles policiais trabalhavam para mim. Não, eu não lhes diria nada sobre o bilhete. Se dragassem o lago e encontrassem o corpo de Magda, eu queimaria o bilhete e enterraria as cinzas. Fingiria estar chocada e horrorizada se o jornal local me entrevistasse. "Não acredito", diria ao repórter.

"Só de pensar que algo assim poderia acontecer aqui, no meu lago... Não, não vi nada, não escutei nada. Teria ido direto para a delegacia."

Com as compras no banco de trás, dirigi até a biblioteca. Devolvi meu livro sobre árvores e um romance longo sobre mulheres pioneiras que achei muito melodramático. Havia um casal usando um dos computadores públicos da sala de leitura. Presumi que deviam ter uns vinte e poucos anos, embora quase sempre as pessoas da região aparentassem ter dez anos a mais do que sua idade real. Até as crianças pareciam envelhecer precocemente, de tão cansadas e inchadas. Não era de surpreender, pensei, levando em conta as mulheres que as alimentavam. Não havia nenhuma opção de lazer ao ar livre, nenhum parquinho, nenhum trepa-trepa na escola. Em Monlith, havia um parque público ao lado da escola, e em todos os lugares tinha alguma coisa para as crianças se ocuparem— giz de cera nos restaurantes, cavalinhos elétricos acionados por fichas, até um minizoológico. Se tivéssemos tido filhos, a infância deles em Monlith teria sido boa. Mas essa nunca foi uma possibilidade. Nem fazia sentido pensar nisso. Fiquei ali de pé, observando os dois jovens encolhidos diante da tela piscando. Então avancei uns passos, puxei uma cadeira vazia em frente a uma tela mal iluminada e pigarreei. Olhei ao redor em busca do botão de ligar, mas não encontrei.

"Com licença", falei, "vocês sabem como se liga isso?"

A garota — de aparelho, os olhos emoldurados por pés de galinha profundos, a boca ao mesmo tempo carnuda e desprovida de lábios — esticou um braço ossudo por cima do meu colo e mexeu o mouse pardo no mousepad sujo e gelatinoso. A tela do meu computador ganhou vida, mostrando padrões de estrelas que rodopiavam como a aurora boreal sobre a qual li na *National Geographic*. Alguns ícones da tela piscaram.

"Obrigada, querida", eu disse.

"Ãr-rã", ela respondeu.

Procurei a internet e consegui usar o mouse para clicar e abrir a janela do navegador. Digitei www.askjeeves.com, conforme aprendi no curso de informática que Walter me estimulou a fazer quando ainda estava ativo o bastante para ter boas ideias, embora já estivesse doente. "Você precisa abraçar o futuro", ele disse. "Trate de conhecer o que existe lá fora. Quando eu me for, você não precisa continuar vivendo como vivemos hoje, com essas velharias. Pode seguir em frente. Mas vai precisar se esforçar, Vesta. Não pode ser preguiçosa." Após o diagnóstico, ele se tornou atencioso e preocupado comigo. Antes disso, talvez fingisse preocupação para desviar minha atenção do que, segundo ele suspeitava, eu sabia que ele fazia por aí. Ele quase nunca estava em casa. Por isso, eu gostava de quando ele ficava doente. Fui ignorada por anos. E aí, de repente, ele se aferrou a mim.

O professor de informática era um homem de trinta e poucos anos, para mim uma criança, e falava comigo com muita gentileza, transmitindo muita segurança, usando o dedo para me guiar pela tela brilhante e indicar onde eu devia clicar, para onde devia arrastar, como deletar, selecionar, navegar. Assim, na biblioteca de Levant, acessei a internet de coração aberto, determinada a encontrar respostas para todas as minhas perguntas.

A primeira coisa que eu queria saber era se Magda era uma pessoa de verdade, se havia existido mesmo. Eu tinha certa esperança de encontrar um breve obituário no jornal local. "Magda está morta?", perguntei a Jeeves. Encontrei 626 mil páginas, a primeira dúzia delas dedicada à trágica história de uma jovem fã britânica de uma *boyband* que parecia muito famosa, uma garota que dedicara sua vida a manter blogs sobre o conjunto musical até cair morta certa manhã enquanto esperava o ônibus da escola. Tinha só dezesseis anos. "Magdalena

Szablinska desabou, e então faleceu." Bem, isso não me ajudava muito.

Três outras páginas sobre "Magda" chamaram minha atenção. A primeira era de Magda Gabor. Tinha sido irmã de Zsa Zsa e morrera há mais de vinte anos. Passou as últimas três décadas da vida incapacitada por um derrame, a pobrezinha. Seis maridos. Húngara, atriz e socialite, seja lá o que isso significasse. E essa irmã dela. Claro, essa não era a Magda que eu estava procurando.

A Magda seguinte era uma cantora de ópera italiana que parecia ter se dado muito bem na vida. Suas últimas performances foram em óperas individuais, e para mim isso sugeria alguém que entendia muito sobre o poder de uma mulher, sobre a necessidade de se fazer ouvir, e assim por diante. Como era corajosa. Ela sim era uma verdadeira pioneira, e não aquela moça magrela de avental ordenhando vacas do romance horrível que eu acabara de devolver. Essa Magda cantora viveu até os 104, e havia morrido em setembro passado. Pobre Magda Olivero. Parecia muito mais digna do nome que as outras.

A última Magda morta que encontrei foi Magda Goebbels. Não precisava ler a seu respeito. Se tinha uma coisa que me daria pesadelos era a história dessa Magda. Cliquei para fechar a janela.

Não havia por que consultar a lista telefônica de Levant. Eu não sabia o sobrenome de Magda. Então perguntei a Jeeves, "Alguma Magda mora em Levant?" e encontrei uma mulher afro-americana chamada Magda Levant residente em Lubbock, Texas. Depois tentei "E alguma Magdalena em Levant", e fui redirecionada para o anúncio de uma casa à venda em Chula Vista, na Califórnia. Não estava dando certo. O casal no computador ao lado recolheu os papéis e canetas — um caderno pautado, sem espiral — e deixou a tela ligada piscando. Quando olhei de soslaio, vi que mostrava a página de uma clínica de aborto da região. Magda Goebbels mesmo, pensei. Ela tinha envenenado os seis filhos, e para quê? Para poupá-los do sofrimento de ver seu julgamento? Pensei em Nuremberg, e lembrei como a garganta de Walter sempre enchia de catarro quando falavam algo relacionado à guerra, a Hitler ou aos nazistas no rádio. Ele tossia e engasgava. "Desligue essa porcaria!"

Uma pontada de tristeza. Se Walter estivesse aqui, saberia direitinho o que fazer com o bilhete. Teria uma teoria, fixa e delimitada, sem nenhuma cláusula oscilante, nenhuma dúvida, nenhum pânico. Eu amava a certeza de Walter diante das coisas. Tinha saudades disso. Nem sempre concordávamos, mas me parecia que a confiança e a convicção eram capazes de transformar respostas erradas em respostas certas. "Use a lógica, Vesta", ele dizia quando eu emitia alguma opinião rebuscada. "É isso ou aquilo. Decida e siga em frente. Você passa tempo demais brincando com ideias, como se a sua mente fosse um parque. Tudo escorrega entre seus dedos, não resta nada de sólido para segurar."

Cliquei para fechar a internet. A aurora boreal surgiu outra vez. Tudo parecia espectral e agourento. A sala de leitura estava vazia, e agora escurecia com as nuvens que se acumulavam do outro lado das grandes janelas. Senti-me muito sozinha e abandonada. Foi uma tristeza momentânea, só isso, mas durante aquele segundo, com Goebbels e o pequeno embrião na barriga daquela moça, senti-me paralisada de terror. Era raro eu me sentir tão mal. Senti que pesava mais de uma centena de quilos, como a devoradora de donuts desengonçada do mercado. Mal conseguia respirar, mas consegui me virar para encarar o computador. A cadeira giratória de forro roxo gemeu e rangeu. A bibliotecária tinha desaparecido em alguma salinha atrás do balcão. Fiquei contente. Não queria ser vista naquele estado.

Mas imagino que, vista de fora, eu estava perfeitamente normal. Bem, normal para os meus parâmetros. Minha aparência ainda era bem exótica para Levant. Todo mundo ali era muito claro e rosado, irlandeses, acho. Comparada a eles, eu parecia uma velha cigana. Ninguém tinha traços como os meus. No céu preto e estrelado da tela do computador, fitei meu próprio rosto. Eu ainda era eu, ainda era Vesta, com toda sua beleza e esquisitice. Walter costumava fazer uma brincadeira quando nos sentávamos de frente um para o outro na hora de jantar. Ele pegava algum livro que estivesse na mesa e o usava para cobrir a metade inferior de meu rosto até a pontinha do meu nariz. "De tirar o fôlego!", dizia. E tinha razão. Meus olhos, meu cabelo — macio e escuro à época —, os contornos das minhas bochechas e órbitas oculares, meu nariz empinado, meus olhos de um azul surpreendente, eu era maravilhosa. As pessoas me paravam nas ruas da cidade quando eu era jovem. Eu me vestia de tal modo que queriam me fotografar. Hoje em dia, a julgar pelos anúncios nas revistas do supermercado, uma mulher precisa ter dois metros e o rosto de uma criança de dois anos para chamar a atenção de alguém. E o tempo enrugou minha pele o suficiente para suavizar as saliências — outrora tão fascinantes — do meu crânio, como um cobertor jogado sobre uma cadeira de mogno entalhado. Após admirar meus olhos, Walter erguia o livro para cobrir a parte superior do meu rosto, deixando à mostra só a metade inferior. Surgia um rosto completamente diferente: a ponta do meu nariz, um pouco adunco, minhas bochechas cilhadas pelas linhas de expressão — eu as tinha desde jovem —, minha boca pequena, "tão pequenina que preciso alimentá-la como a um passarinho", dizia Walter, apanhando uma pequena ervilha do prato —, a mandíbula, comprida e exagerada, como "a lâmina de um bastão de hóquei". Eu tinha um prognatismo suave, segundo o dentista. "Quem é essa bruxa, e onde enterrou a minha esposa?", Walter dizia, cutucando de leve minha garganta. Mas não era que a parte de cima do meu rosto fosse boa e a de baixo, ruim. Só parecia haver um desalinho. O milagre era que, quando Walter removia o livro, as duas metades do meu rosto harmonizavam muito bem juntas. "Perfeição." Eu já tinha visto livros infantis que faziam a mesma brincadeira. O leitor se divertia tentando juntar o torso de um pirata barbado a ombros de princesa e uma cabeça de leão, e assim por diante. Imaginei minha cabeça no corpo de um homem, as pernas substituídas pela cauda escamada de um peixe. Imaginando essa incompatibilidade, fiquei inquieta de repente. Meu rosto hesitou por um momento na tela, e então a imagem em movimento da aurora boreal foi substituída por um azul brilhante e uma linha branca de palavras que se retorcia pelo espaço. Eu sabia o nome disso: "protetor de tela".

Hora de ir embora, pensei. Charlie estava à minha espera no carro. Imaginei-o enrodilhado no banco de trás, o calor de sua respiração embaçando as janelas. Bastava me levantar, caminhar pelo carpete até o saguão da biblioteca, onde ficava o balcão, e sair pela velha porta vermelha, tomando cuidado para não tropeçar no pavimento irregular de tijolos que dava no estacionamento. Mas parecia impossível. Eu me sentia colada, como se o destino houvesse me colocado naquela cadeira diante do computador. Tentei focar os olhos nas palavras retorcidas. Bastou acompanhar seu brilho por um segundo para que minha cabeça girasse. Uma onda de calor, depois um baque lento em meu peito como algo caindo, o candelabro de mármore despencando do mantel e colidindo com o tapete no chão. Meu coração. "Esqueceu alguma coisa?" As palavras se contorciam pela tela, zombando de mim. Quem havia escrito uma coisa dessas? A essa altura, o computador ao meu lado já estava apagado, morto. Voltei a pensar no feto abortado e senti um embrulho no estômago. Eu devia estar com fome, com baixo nível de açúcar no sangue. Mas me sentia muito sensível ali. Sentia-me um pouco como se tivessem me abandonado em um sonho ruim. As palavras passaram se retorcendo outra vez. Minhas mãos começaram a tremer. O que era aquilo? O que eu estava esquecendo? Magda? É você? Era uma responsabilidade muito esquisita ficar a cargo da morte de alguém. A morte parecia frágil, como papel amassado de mil anos atrás. Um movimento em falso e eu poderia destruí-lo. A morte era como uma renda frágil e antiga, o bordado prestes a se separar da linda malha de fios, quase esfiapado, pendente, belo e delicado, prestes a se desintegrar. A vida não era assim. A vida era robusta. Teimosa. Muito difícil de reduzir a ruínas. Era preciso arrancá-la do corpo. Mesmo a mais tênue semente da vida, um óvulo fecundado, exigia um pagamento, um especialista, uma máquina e um vácuo industrial, ouvi falar. A vida era persistente. Lá estava ela, dia após dia. Despertava-me todas as manhãs. Era barulhenta e audaciosa. Metida a valentona. Uma cantora de salão em um vestido espalhafatoso de lantejoulas. Um caminhão em fuga. Uma britadeira. Um incêndio florestal. Uma úlcera dolorida. A morte era diferente. Era delicada, um mistério. O que era ela, no fim das contas? Por que as pessoas precisavam morrer? Walter, os judeus, tantas crianças inocentes... perdi o fio de meus pensamentos. Como as pessoas conseguiam tocar a vida fingindo que a morte não nos cerca por todos os lados? Existiam teorias — paraíso, inferno, reencarnação e assim por diante. Mas alguém sabia a verdade? Existia uma resposta? Como parecia injusto despachar os vivos para a morte, para o desconhecido, tão frio. Blake também devia entender o significado de tamanha tragédia. Estava bem ali, em suas palavras, *Ninguém jamais saberá quem a matou*. Por que, Deus? Fui dura demais com Blake, pensei. Blake havia dado à minha pobre Magda um local de descanso. Fizera o melhor que podia com o que tinha à mão — uma caneta, um caderno espiralado, as pedrinhas pretas que, lembrei agora, ainda estavam no bolso do meu casaco. Coloquei a mão dentro dele e as senti ásperas e pontiagudas entre os dedos. Eram uma fonte de conforto. Davam-me um pouco de força. *Seu nome era Magda*. Sim, Blake, devemos insistir na vida, reconhecê-la, jamais dar as costas aos mortos.

Olhei para o computador outra vez, encarei de frente aquela provocação rodopiante. Havia um pequeno aviso impresso, plastificado e colado na extremidade inferior da tela, que dizia a mesma coisa: "Esqueceu alguma coisa? Não nos responsabilizamos por objetos perdidos ou roubados. Por favor, deixe a mesa como a encontrou". Pareceu-me uma mensagem cruel: sim, sim, viva a vida, faça sua bagunça, mas ao morrer não deixe nenhum vestígio. Limpe todos os traços de sua existência. Os lembretes só serão problema para quem continuar vivendo. Eles precisarão desperdiçar a própria vida limpando a sua. Era como se o corpo morto de Magda fosse um papel de bala sujando a calçada.

Agora eu estava exausta de tanto pensar. Desejei ser capaz de esquecer tudo isso, conseguir retomar meu passeio inocente pelo bosque de bétulas, reclamar sozinha, censurar-me por não ter ido até a ilha de barco. "Sua preguiçosa", eu dizia a mim mesma. Ah, em breve eu vou. Eu vou, eu vou. Andava evitando isso, por preguiça, mas também por medo. Sentia-me solitária lá na água, admiti enquanto olhava o protetor de tela se retorcer. Limpei as lágrimas dos olhos e acabei cutucando o mouse com o cotovelo. A aurora boreal reapareceu. Abri o navegador e acessei Ask Jeeves, ciente de que ali não encontraria a resposta para minhas preces — para que a morte não existisse, para que Walter estivesse aqui, comigo, para que eu retornasse à vida em Monlith, minha vida antes de Charlie, antes de tudo isso. Eu sabia que nenhum computador era capaz disso. Não. Portanto, perguntei a Ask Jeeves a melhor forma de agir, pedi ajuda para tornar o mundo um lugar melhor, apesar da morte. Walter teria ficado tão orgulhoso. "Como se resolve um mistério?", digitei. E então, para ajudar, substituí "mistério" por "assassinato misterioso", pois era esse o caso concreto diante de mim.

Rolei a página com os resultados da busca.

Faça uma lista de suspeitos, sugeria um site.

Parecia bem fácil. Se existisse um grupo de pessoas interessadas em ver Magda morta, faria sentido que a pessoa com a melhor motivação fosse o assassino? Como medir ou comparar as motivações de cada um? Talvez alguma menina dissesse "Magda roubou minha escova de cabelo", por exemplo. Como o roubo de propriedade se compararia a algo mais intangível, como uma afronta pessoal? "Magda me xingou de um palavrão." Ou "Magda foi para a cama com o meu namorado". Bem, essa seria uma verdadeira motivação. Mas como uma motivação dessas se compararia a "Magda foi para a cama com meu marido"? Era pior? Com certeza tudo dependia das características da relação amorosa entre a suspeita e esse homem com quem Magda tinha ido para a cama. E também do nível de sanidade da pessoa cuja escova fora roubada, da fragilidade da namorada ou esposa rejeitada. Não me parecia plausível que Magda pudesse insultar alguém, dormir com alguém. Ela tinha um ar de timidez, sem dúvida, um pouco secreto, um pouco sombrio — esmalte de unha preto descascado, jaqueta universitária usada com toques de ironia e um pouco de desdém — mas ela não era uma "puta". Não era uma "vagabunda". Imaginei a namorada ou esposa chamando-a assim. Magda era jovem demais para se meter numa história dessas, para se envolver com um homem e participar desse tipo de confusão. Ao menos era o que eu achava. Havia muitos fatores a levar em conta. O ressentimento sozinho não parecia motivo suficiente para causar um assassinato. Devia haver mais alguma coisa. A pergunta a ser feita era: "Quem se beneficiaria mais com a morte de Magda?". A resposta poderia conduzir, talvez não por via direta, mas em seu devido tempo, ao verdadeiro assassino. Senti-me esperta por ter chegado a essa pergunta.

Enquanto pensava nisso, pipocou uma janelinha no canto direito inferior da tela. Era um anúncio animado de binóculo. As lentes do binóculo aumentavam e diminuíam, como dois trompetes em ação. Cliquei nele — talvez por estupidez, tinha sido seduzida por aquela animação — e fui direcionada a uma página de venda de equipamentos de caça feitos para camuflar o usuário de acordo com o local de uso: uniformes militares de toda sorte, trajes inteiros negros como a noite, da cabeça aos pés, com máscaras e telas protegendo as orelhas, o nariz, a boca e os olhos. Pareciam uma fantasia de mímico. Quase dei risada e olhei para o meu lado direito onde Charlie costumava sentar quando eu estava na minha mesa, mas é claro que ele não estava ali. Senti pena por ele estar preso no carro, esperando por mim. Daria um jeito de compensá-lo. Todos os modelos eram unissex, manequins de isopor sem seios ou volumes, com torsos retos e pernas grossas, mas torneadas. Fui clicando para ver as diferentes estampas das roupas. Havia trajes para ajudar o usuário a desaparecer em diferentes cenários florestais: bosques perenes, decíduos, coníferos, alpinos, florestas, vegetações com tons de verde veranil e exuberante ou cinza-prata invernal. Havia trajes para se esconder em campo aberto, no deserto, até mesmo na água. Cliquei em um que parecia adequado para o pinheiral: escuro, com camuflagem vermelha, pés claros cor-de-abóbora. Parecia um pijama infantil de zíper, um macacão. Fazia muito tempo que eu não comprava nenhuma roupa para mim. Passara o inverno inteiro com o mesmo blusão grosso cinza de lã, uma camiseta de manga longa e calça de veludo cotelê marrom. Agora que já era primavera, substitui-os por uma malha *fleece* leve, uma blusa de algodão e calça jeans azul. Tentava não gastar muito, mas podia me dar a alguns luxos de vez em quando. "Vou passar o donut de hoje", planejei, como se isso bastasse para cobrir os custos, e decidi encomendar o traje mais barato do site. Era todo preto. Custava só vinte dólares, mais o frete. Pensei que poderia usá-lo para remar à noite, ou mesmo dentro da água, para testar se os peixes perceberiam minha presença ou colidiriam com meu corpo. Talvez eu pudesse começar a pescar. Seria muito produtivo: um hobby para encher a barriga. Com isso e o meu novo jardim, poderia me tornar quase autossuficiente. Essa ideia me alegrou. "Veja só, Walter, estou sendo ao mesmo tempo frugal e engenhosa." Era isso que ele queria dizer quando falava no "jeito certo de viver", não? Viver a vida ao máximo? Executar planos, ser espontânea, dar a cara a tapa, para o que der e vier? Tirei o cartão de crédito da bolsa e digitei os números. Eu quase nunca recebia correspondência. Geralmente era só a conta de luz, mas até isso era desnecessário: meus gastos mensais estavam cadastrados no débito automático. Por isso, fazer uma encomenda me pareceu um luxo excepcional. Até paguei quinze centavos para imprimir o recibo que surgiu na tela, que a bibliotecária me entregou, uma mulher de lábios finos, pobrezinha, devia estar muito entediada. Em meio a tanta empolgação, acabei me esquecendo da outra janela aberta no computador. Ainda estava ali. "Como Resolver um Assassinato Misterioso".

Desci um pouco mais.

Uma forma de descobrir o culpado é perguntar a cada um dos suspeitos: "Por que você assassinou [nome da vítima]?". Se o suspeito é inocente, ele ou ela pode responder "Eu não matei", enquanto o verdadeiro assassino precisará usar toda a sua inteligência para não ser descoberto. Isso pode ser usado como processo de eliminação.

Estabeleça uma estratégia para descobrir o mentiroso. É possível encontrar mais informações... etc.

Tudo isso me parecia muito interessante. Mas as pessoas mentiam o tempo todo. Era um fator importante da nossa individualidade. Mentir um pouquinho nunca fez mal a ninguém. As mentiras marcam a distinção entre uma pessoa e outra. Claro, alguns relacionamentos exigem mais honestidade que outros. Entre marido e mulher, por exemplo, ambos devem buscar dizer sempre a verdade. Mentir muito prejudicaria o espaço mental compartilhado pelos dois. Mas a simples verdade é que mentir não era indício de culpa. Eu mentia para Charlie o tempo todo. "Já volto", eu dissera quando o deixei dentro do carro, no estacionamento da biblioteca. Bem, não era mentira, mas acabou se tornando uma. Eu já estava sentada diante do computador havia quase meia hora quando isso me ocorreu. Portanto, nem toda mentira era enganação. Às vezes precisávamos quebrar nossa palavra. E, de vez em quando, uma mentirinha podia ser boa. Saudável. Nem todo mundo quer ouvir a verdade cem por cento do tempo. Se Walter não tivesse mentido para mim de vez em quando, nosso casamento teria sido muito diferente. Era bom ter alguns segredos aqui e ali. Para manter o interesse do outro.

Blake já tinha respondido à pergunta que eu teria feito ao suspeito número um: *Por que você matou Magda?* Sua resposta estava no bilhete: *Não fui eu.* Segundo a internet, o verdadeiro assassino se sairia com uma resposta mais astuta. Contaria uma história mirabolante para me afastar da verdade. Tentaria se esconder detrás de uma ficção. "Engraçado você perguntar por Magda", ele começaria. "Sabia que uma vez ela me emprestou um livro sobre o Egito Antigo? As pirâmides são estruturas fascinantes." Ah, ele tagarelaria sem parar pelo tempo necessário a fim de evitar a verdade. Além disso, o verdadeiro assassino não se colocaria na posição de suspeito, como Blake fizera ao escrever aquele bilhete. O verdadeiro assassino se manteria bem longe do bosque de bétulas, dedicando-se a algo de aparência inócua. Fingiria não ter nenhuma outra preocupação. Estaria dobrando as meias na lavanderia. Assistindo à televisão, enfiando as mãos sujas de sangue em um saco de batata chips e lambendo a gordura e o sal dos dedos. Molhando a grama, acenando para os vizinhos. Limpando as calhas de casa, indo tirar o barro das botas, palitando os dentes, assoviando. Ou trabalhando em um açougue cortando carne com uma serra elétrica, como na minha imaginação. Talvez eu o tivesse visto através das paredes de vidro da seção de carnes no mercado. Nunca gostei muito daquelas paredes de vidro. Não gostava de ver um animal sendo desmembrado. Não era algo que abrisse meu apetite. Ou talvez a profissão de açougueiro fosse violenta demais, óbvia demais. Uma pessoa de inclinação homicida tentaria parecer gentil e inofensiva, um lobo em pele de cordeiro. Isso daria um mistério bem mais interessante, pensei. Pensei em Walter, em sua mão bondosa com um calo solitário no dedo médio onde escorava a caneta. Era um homem grande e robusto — antes de minguar por causa do câncer, claro —, mas parecia incapaz de fazer mal a uma mosca. Ah, mas era capaz. Uma vez matou um rato com um martelo. Gostava de comer bifes sangrando. Os homens enganam. Mesmo o mais delicado deles tem uma propensão ao primitivo. No âmago, todos os homens são caçadores. Todos assassinos, não é? Estava no sangue deles. E ainda assim podiam parecer muito bondosos. A verdadeira natureza de um homem sempre era invisível aos olhos. Se aprendi alguma coisa com Agatha Christie é que muitas vezes o culpado está bem debaixo do nosso nariz. O assassino poderia trabalhar ali mesmo, na biblioteca, em alguma sala dos fundos, estocando coisas, fora de vista. Espero que não esteja estrangulando a bibliotecária neste exato instante, pensei. Se estivesse, seria muito fácil resolver o mistério.

Como se tivesse escutado meus pensamentos, a bibliotecária reapareceu nesse exato instante e provou que eu estava errada. Fiquei aliviada, balancei a cabeça rindo da minha própria tolice. Mas era preciso levar em conta todas as possibilidades. Eu me sentia mesmo muito esperta. Está vendo, Vesta, disse a mim mesma. Em apenas dois segundos você eliminou um suspeito: o homem que trabalha na sala dos fundos da biblioteca. Sem nem precisar interrogá-lo. Você conseguirá resolver esse mistério usando pouco além de sua própria mente.

Acenei para a bibliotecária e sorri. Ela respondeu com um sorriso artificial.

Eu não socializava com ninguém havia muito tempo. O inverno fora longo. Não tinha amigos, ninguém com quem almoçar, ir ao cinema ou mesmo conversar ao telefone. Eu nem sequer tinha telefone. O bilhete que Blake deixara para mim no bosque de bétulas era o mais próximo de um telefonema amigável que eu havia recebido em um bom tempo. Não ganhei tortas de boas-vindas, nenhum voto de felicidade dos vizinhos quando me mudei. Só aqueles policiais assustadores que foram me dar bronca. Como se eu fosse uma criminosa. "Esse cachorro tem licença?", me perguntaram. Tiranos. Podiam até ser bons em intimidar, mas eu precisaria de uma tática de investigação mais sutil e sofisticada. Precisaria de uma abordagem mais elegante, um método inteligente para estabelecer — estabelecer? — a motivação, os meios, a oportunidade, ou seja quais fossem os fatores que levavam ao culpado.

Agora um banner surgira na tela. "AS MELHORES DICAS PARA ESCRITORES DE ROMANCES POLICIAIS!" Cliquei nele. Como esperado, as sugestões eram todas normativas e não deixavam nenhuma brecha para a inspiração, para a verdadeira criatividade e diversão.

Ler muitos romances policiais é fundamental.

Pareceu-me um conselho ridículo. A última coisa que alguém deveria fazer é encher a cuca com o jeito de outras pessoas fazerem as coisas. Isso mataria qualquer chance de diversão. Por algum acaso as pessoas estudam sobre crianças antes de copular para gerar uma? Alguém examina detalhadamente as fezes dos outros antes de correr para o banheiro? Alguém sai por aí interrogando as pessoas sobre seus sonhos antes de se deitar para dormir? Não. Produzir um mistério era uma empreitada criativa, não um procedimento calculado. Se você já sabe como a história termina, por que começá-la? Sim, uma escritora precisa ter alguma direção, algum conhecimento e sabedoria sobre o mistério que está escrevendo. Caso contrário, apenas ficará dando voltas sem sair do lugar, rabiscando coisas para celebrar seu espaço mental. A meu ver, isso seria muito humilhante: um sinal de arrogância e presunção. Mas eu acreditava que a tarefa da escritora era mesmo subestimar os milagres desta Terra, isolar uma questão do mistério infinito da vida e respondê-la de forma lamuriosa. Walter sempre desdenhou da ficção, para ele um passatempo tão banal quanto a TV. Entretanto, suportava os filmes de Agatha Christie. Satisfazia-se com eles, acho, porque sempre conseguia descobrir as coisas antes de mim quando assistíamos juntos. Levava filmes emprestados na biblioteca da universidade para casa. "São histórias muito previsíveis. Não percebeu? Consigo solucioná-las. O assassino é sempre a pessoa a oeste do centro." Ele falava assim, e eu sabia exatamente o que queria dizer: o assassino não estava bem na minha cara, mas a meu alcance. Eu sempre via a solução com a mesma obviedade de Walter, claro, mas ele sentia muito prazer em estar certo. Adorava se sentir brilhante. Eu precisava ser condescendente, deixá-lo me ofuscar a fim de manter a paz. Mas eu sabia que também era esperta. Não era especialista em nada, mas tinha muito potencial.

"Use sua imaginação, Vesta", ele dizia quando eu parecia infeliz. "Nada é tão sério assim. Anime-se, por favor."

Ele gostava de dizer que eu era a fonte da minha própria tristeza, que era uma escolha achar minha vida limitada, entediante. Explicava que tudo era possível, e, aliás, tudo — cada coisa e situação — existia em infinitas versões espalhadas pelas galáxias e além. Eu sabia que essa era uma crença infantil, mas aderi a ela mesmo assim. Imaginar realidades infinitas tornava qualquer incômodo mais tolerável. Eu era mais do que eu mesma. Havia infinitas Vestas Guls por aí, simultâneas a mim, lendo a página das MELHORES DICAS PARA ESCRITORES DE ROMANCES POLICIAIS, com pequenas variações: o cabelo de uma Vesta Gul caía sobre sua testa de um jeito diferente; um mousepad era verde em vez de azul, e assim por diante. Em outra dimensão, um dragão cuspidor de fogo estava sentado no chão ao meu lado. Em outra, Charlie estava sendo estrangulado no carro por uma jiboia de dois metros e meio. E assim por diante. O trabalho da investigadora era eliminar possíveis realidades até chegar a uma só verdade. Uma verdade selecionada. Não significava que fosse a única verdade. Eu acreditava que a verdade verdadeira só existia no passado. Era no futuro que as coisas começavam a ficar confusas.

Mapeie exatamente como o crime foi cometido. Imagine todos os detalhes.

Isso era ridículo. Se soubesse mapear exatamente como o crime fora cometido, não haveria mistério a resolver. Poderia sopesar diversas possibilidades, listar diferentes versões do passado. Depois, bastaria deduzir qual era a versão mais plausível. Eu era capaz de fazer isso. Mas "todos os detalhes"? Quantos detalhes eram necessários para chegar a esse "todos"? Bastava dizer "ele tinha barba espessa", ou precisava especificar o grau de espessura, a textura, a última vez em que havia se barbeado, com qual instrumento e pelas mãos de quem? Se a barba houvesse sido aparada pouco tempo antes, Magda voltaria a viver? Não, era preciso reservar essa imaginação detalhista para as cenas cruciais. Se a barba houvesse sido aparada no escuro dentro de uma caverna em uma pedreira, de modo bruto, desajeitado, com uma navalha, e essa mesma navalha houvesse cortado a garganta de Magda, então valia a pena se demorar sobre a barba. Mas se a barba pertencesse a um transeunte de Levant que não sabia nada de nada, isso não teria nenhuma relevância para o mistério. Ou talvez eu estivesse errada. Se existiam infinitos universos, com infinitos detalhezinhos divergentes, cada fio de cada barba tinha suas implicações. Todos os mínimos detalhes importavam, não é? Encarei o vazio, ponderando como faria para dar conta de todas as barbas na Terra, e depois de cada Terra do reino das possibilidades. Mas eu me detive. Se existissem infinitos significados, não existiria significado algum.

Dê ao assassino uma motivação clara e convincente. Bem, eu não precisava dar uma motivação ao assassino. O assassino devia ter feito aquilo por conta própria.

Crie um mundo tridimensional. Seus personagens devem ter vidas que ultrapassam a situação específica. Você pode usar uma ficha para escrever o perfil de seus personagens e começar a lhes dar vida.

O gênero policial era desprovido de arte, quanto a isso não havia dúvidas. Não que os romances mais literários que pegava emprestado na biblioteca fossem muito melhores. As coisas que chegavam às estantes da biblioteca eram aquelas que *não* nos surpreendem. O convite — ou poema, seria possível chamá-lo assim — de Blake jamais chegaria à mesinha de cabeceira de ninguém: era estranho demais. *Seu nome era Magda.* Que espécie de início era esse? Um editor consideraria o bilhete sombrio demais para publicação. Informação demais, cedo demais, diriam. Ou faltava suspense. Esquisito demais.

Tentei lembrar a primeira frase dos últimos livros que havia lido. Não consegui.

Só uma parte do artigo de MELHORES DICAS pareceu útil: o questionário para o perfil dos personagens. Achei que me ajudariam a imaginar Magda de forma mais precisa. Parecia bem fácil preencher as lacunas. Esse tipo de coisa é muito bom para quem está envelhecendo: exercícios para o cérebro, jogos. Walter era um entusiasta desses exercícios mentais. Sempre tinha um tabuleiro de xadrez montado: movia uma peça, se levantava e sentava na outra cadeira para mover outra peça. "Assim a psique enfrenta a si mesma. Ocorre um diálogo. Precisamos conversar com a mente, Vesta, senão ela começa a atrofiar. Vai se transformando em lodo." Isso me lembrava da fonte do shopping de Monlith, da água cheia de cloro sendo reciclada o tempo todo.

"Mas se a mente fala consigo mesma", eu disse, "não acaba dizendo só o que ela mesma quer ouvir?"

Walter tinha razão quanto à necessidade de ter alguém com quem falar. Graças a Deus eu tinha o meu Charlie. Sem ele, teria medo de perder a sanidade.

Tirei uma caneta da bolsa e comecei a anotar nomes de suspeitos no verso do recibo do meu traje camuflado. Isso é divertido, não é, Walter? Meu instinto — considerado inútil por aquela lista de instruções — ditou seis nomes. Senti que um precisava ser uma espécie de monstro, de demo, algo sombrio e estridente que saltava das sombras, um produto da raiva representando o subconsciente obscuro de toda a humanidade. O bosque de pinheiros era um bom cenário para um personagem desses. Ao escrever a palavra "demo", a tinta falhou e o *m* e o *o* inconclusos contribuíram para formar a palavra *denu*. Não dizem que os acidentes são a origem das invenções? Eu poderia chamar esse demônio de Denu. Seria uma maçaroca de piche e nervos, e me senti muito esperta ao ver o significado sutil de um som vagamente semelhante a Deus. Acho que vou ser boa nisso, pensei. Mas não deveria ficar muito confiante. Uma detetive com excesso de confiança poderia se equivocar ao interpretar pistas. Talvez enxergasse apenas os indícios que levariam à solução que já tinha em mente. E eu queria me surpreender com minhas descobertas. Não era uma sabe-tudo, como Walter. *Tente surpreender o leitor no final, mas sempre jogue o jogo de forma justa.* Ah, eu jogaria de forma justa, mas segundo meus próprios termos. Seguiria meus próprios desejos e caprichos. Essa era a vida que eu queria — uma vida liberta, livre de expectativas. Era justo.

Ainda precisava de um homem forte como protagonista. Alguém com quarenta e poucos ou quarenta e tantos anos, uma espécie de Harrison Ford. Sempre achei Harrison Ford um pouco parecido com Walter, bonito, forte, vulnerável e sensível, um homem dotado de uma sensibilidade intuitiva, de certa maneira leitor de mentes, um sujeito bem-sucedido, afável, distinto. O tipo de homem que sempre se safava. Meu Harrison Ford poderia ser um senhorio avarento que fechava tratos sinistros em becos escuros ou nos fundos de clubes de jazz, mas sempre movido pelo mais elevado propósito moral, sempre de bom coração. E teria um bando de subalternos de boa índole sempre à disposição. Uma equipe, por assim dizer. A necessidade de lidar com esses subalternos poderia complicar meu rol de personagens. Sendo assim, nada de subalternos, decidi. Walter nunca teve mais de um subalterno ao mesmo tempo — eram jovens assistentes de pesquisa, sempre mulheres jovens.

Eu não chamaria o personagem Harrison Ford de "Harrison Ford" — seria difícil separar o real do imaginado — mas de "Henry". O Henry de *Uma segunda chance* seria a referência perfeita para o personagem. Alguém que havia sido cruel, egoísta, narcisista, mas que se redimiu após sofrer uma tragédia repentina. Talvez tivesse perdido tudo, e agora se via obrigado a trabalhar em uma loja de material de construção. Ou só frequentava a loja em Bethsmane porque era encanador, ou empreiteiro, ou carpinteiro. De qualquer modo, eu sabia que poderia encontrá-lo lá.

Pedi à bibliotecária que imprimisse uma cópia do questionário de perfil dos personagens. Ela pareceu um pouco exasperada.

Cliquei nos Xs das janelas do navegador. Agora havia mais gente na biblioteca. Estava perto do horário do almoço. Olhei uma última vez o meu reflexo no plano astral escuro da tela do computador. Ali estava eu. Igual a sempre, mas agora flutuando no abismo digital, como uma grande vidente, ou uma deusa, ou apenas uma ideia.

Juntei minhas coisas, segurei meus papéis contra o peito, e voltei depressa para o carro. Me dei conta de que Charlie devia estar ficando triste e com frio ali sozinho.

Não paramos para caminhar pela cidade. Não peguei o café e o donut de costume. Seguimos direto para casa, dirigindo depressa, mas tomando cuidado ao passar pelo posto policial de Bethsmane, situado na curva de Twelven Creek. Não queria chamar nenhuma atenção. Já conseguia sentir uma mudança de atmosfera. As cidades pequenas sentem quando quebramos um hábito, mesmo que seja algo desimportante, e havia o risco de algumas pessoas perceberem.

Charlie saltou para fora do carro assim que estacionei e abri a porta do passageiro. Ele quase deslocou meu ombro das juntas, pois meu braço ficou emaranhado em sua coleira. Não me vejo como uma senhora idosa, mas na minha idade corro o risco de me machucar. Supostamente, eu deveria — embora não o faça — tomar meu Boniva uma vez por mês. O mais fácil seria tomar de manhã e caminhar durante o intervalo de uma hora necessário para a absorção do medicamento. Mas, por algum motivo, o remédio parecia antinatural, como veneno. Não confiava nele. Tinha a sensação de que, na verdade, os produtos químicos do remédio roubariam o cálcio dos meus ossos. Talvez fosse uma homenagem à repulsa teimosa de Walter a qualquer produto farmacêutico elaborado. Ele culpara o Pepto-Bismol por seu câncer.

Preparei café fresco para o almoço e passei manteiga de amendoim em outro *bagel*. Não estava com vontade de cozinhar. Tomei um banho quente demorado, preparando-me para o tanto de trabalho que tinha pela frente. Até ali eu só tinha dois suspeitos: Denu e Henry. Quando me vesti outra vez, o sol já estava se pondo. O tempo desaparecera. Chamei Charlie para dentro de casa.

Não senti nenhuma pontada de tédio naquele inverno. Nem sequer cogitei isso. Dava tanto trabalho manter Charlie e eu limpos e confortáveis, manter o fogão a lenha abastecido, limpar as cinzas, varrer o chão, tapar as frestas das janelas com panos de prato. Todos os dias eu escavava na neve recém-caída uma trilha até o lago e caminhava por ela enquanto Charlie perambulava pela superfície de água congelada. Em casa, preparava chá quente e acendia de novo a lareira. Quando nos dávamos conta, o sol já havia se posto e estávamos ambos exaustos. Eu mal conseguia beber uma taça de vinho e abrir um livro antes de apagar no sofá, os pinheiros escuros brumosos com a neve carregada pelo vento, o fogo crepitando suavemente, Charlie caminhando uns poucos metros para aprontar das suas lá fora, e então dando meia-volta e correndo de volta para dentro. Subíamos para nos deitar na cama e o dia havia acabado. Éramos dois ursos hibernando de novembro a março. O degelo só começava em abril. Charlie e eu estávamos bem. Havíamos enfrentado algumas tempestades. Mas agora, com o mistério de Magda para resolver, meus hábitos invernais pareciam patéticos e mundanos. Como pude sobreviver a tanto tédio? Como não arranquei os cabelos, não comecei a agir tal qual uma louca, falando sozinha, andando em círculos, construindo amigos de neve? Acho que deveria agradecer a Charlie por minha sanidade. Quando ele estava com sono, eu ficava com sono. A sonolência preenchia o espaço mental entre nós dois. Era como uma pílula que tomávamos nas tardes de inverno. Uma xícara de chá, uma visita rápida ao bosque e ao toalete, e estávamos esgotados feito duas velas derretidas.

Agora os dias eram mais longos. O céu ficou rosa e laranja. O lago refletia traços exuberantes de amarelo e violeta. As árvores escuras na minha ilha sacolejavam feito marionetes ao vento. Eu conseguia imaginar as mãos de Deus puxando cordinhas invisíveis. Talvez Walter estivesse com Ele no paraíso. "Quando deixar essa Terra, você O conhecerá", dizia o pastor Jimmy. Estalei a língua. Nada fazia nenhum sentido, fazia? A realidade era o que estava aqui embaixo, na Terra. O mundo da natureza e seus milagres. Deus era isso. Havia tanta alegria aqui, tanto a explorar. E ali estávamos nós, meu cão e eu, a lâmpada que projetava seu brilho morno sobre a mesa, onde havia uma xícara quente de café recém-preparado. Eu quase nunca bebia café à noite, mas queria me manter atenta. A taça de vinho de praxe me daria sono. Até acendi uma vela, como fizera tantas vezes no inverno, para criar um clima. Mas agora eu a acendera para me concentrar: o ardor da chama aguça a mente. Walter fazia isso quando trabalhava até tarde, escrevendo seus estudos de caso, fazendo seja lá o que ele fazia. Desliguei o rádio, peguei minhas fotocópias, deixei ao lado o recibo de meu traje noturno e comecei a trabalhar no questionário.

Três

Nome: Magda.

Sem sobrenome. Eu gostava que ela fosse apenas *Magda*, um nomezinho flutuando à brisa leve do bosque de bétulas. Nesse sentido, ela era a minha Magda. Era uma descoberta minha. E se o passado era garantido e continha certa verdade, cabia a mim conhecer e descobrir o passado de Magda, e eu já sentia conhecê-la muito bem. Só precisava pensar.

Idade: 19.

Ainda era uma moça, pensei, mas adulta o suficiente para ter algumas cicatrizes, algumas histórias. Tinha um espírito jovial. Mesmo se tivesse vinte e quatro anos, ainda se sentiria com dezenove. Se houvesse passado por uma gravidez, teria ido ao mesmo local aonde foi o casal da biblioteca, a fim de aspirar o bebê para fora dela, arruinando-o, descartando-o. Não teria nenhuma ressalva em fazer uma coisa dessas, pensei. Pena, uma lástima. Talvez seu assassinato fosse um revide de Deus. Enfim, pois bem. Magda não queria ter a vida arruinada por um bebê. Não queria ficar presa a uma criança, ou ao pai dela, e passar os dias fazendo aviãozinho com colheres de cenoura amassada para alimentar uma criatura que só era metade dela. A outra metade, deduzi, teria sido um erro. Ela fugiria antes de se envolver demais. Deixaria Levant, iria para o sul, onde havia outras pessoas como ela, inquietas, astutas e corajosas. Era esse o problema de Levant. Ninguém era inquieto. Tudo estava engessado. Qualquer coisa fora do comum era descartada ou ignorada. Ninguém se dava ao trabalho de fazer amizade comigo no lago. Eu tinha vizinhos a um quilômetro na margem do lago. Acenaram apenas uma vez ao me verem passando no meu barco a remo. E acenaram como quem diz: "Essa propriedade é nossa. Cai fora, circula". Eu só queria explorar um pouco. Só queria saber como era a vida deles ali. Pelo que pude ver, tinham um barracão meio afundado que era sustentado por toras de madeira podre, a porta estava trancada, mas pendurada e aberta, deixando à vista seu interior, onde não havia nada além de escuridão. E a casa deles, bem afastada da água, ficava escondida atrás das árvores. Pinheiros escuros. Havia uma pequena doca na propriedade, onde meus vizinhos, os dois de roupão de banho, estavam de pé olhando para a água. Pareceram surpresos ao me ver, pelo modo como o homem estendeu a mão fazendo sinal para a mulher parar de falar, e então apontou em minha direção, para onde eu estava, na água, a uns vinte metros da margem. O homem estava com a barba por fazer, a mulher, o cabelo volumoso e estufado, tinha aspecto doentio. Acenei de volta, mas eles se viraram, avançaram pela doca e logo desapareceram em meio aos pinheiros. Foi esquisito. Não pareciam ter filhos. Em algumas ocasiões, vi a grande caminhonete preta deles acessar a Rota 17 à minha frente. Se conhecessem Magda, não gostariam dela. Não gostaram de mim.

Descrever os aspectos físicos gerais de Magda exigiria certo esforço. Era fácil para mim imaginar seu corpo morto, e a partir disso eu podia elencar alguns fatos incontestáveis. Mas seu rosto ainda se ocultava.

Descrição física geral: atraente, rosto atípico em razão de origem étnica.

Para alguns era exótica demais, sobretudo pelo contorno de seus longos cabelos pretos e sedosos, tão escorridos, tão bonitos, que pendiam dos dois lados do rosto como a moldura de um retrato. Visto assim, seu rosto era ainda mais estranho e delicado. A pele era clara, mas sem sardas ou pintinhas. Quase de borracha. Nenhum poro à vista. Imaginei que devia ter o nariz um pouco empinado, um nariz grande. E olhos verdes? Olhos castanhos? Eram olhos miúdos, inescrutáveis. Verdes, sim. Lábios cor de cereja quando estava viva, embora agora estivessem pálidos, brancos pela morte, rachados, prensados contra a terra. Imaginei seu rosto com um pouco mais de clareza a partir da perspectiva do chão abaixo dele. Tinha muita maquiagem nos olhos. Delineador preto pesado, cílios postiços e um rímel que transformava seus olhos em tarântulas. Ela achava que assim parecia durona. Tinha o queixo largo, com uma pequena protuberância que detestava. Achava que a deixava com cara de gorda. Apontava para si diante do espelho no colégio e dizia às amigas, "Como sou gorda". E dava um peteleco na bolsinha de pele. Mas não era gorda. Longe disso. Era um pouco mais alta que a média, um e setenta e cinco, talvez um e oitenta, embora um pouco encurvada, a postura ao mesmo tempo indicativa de rebeldia e timidez. Magda não se importava com popularidade. Talvez estivesse mais interessada no aspecto místico, ou sexual, do poder. Era feminina, refinada, mas dura. Tinha uma intensidade de homem. Ombros masculinos, imaginei. Os dedos eram compridos, e havia certa elegância em suas mãos de pulsos longos e belos. Poderia ter sido pianista. Não fossem os ombros, poderia ser dançarina de balé. Mas os ombros eram largos porque ela arqueava as costas daquele jeito. Bastaria se endireitar para ser alta e adorável. Caso houvesse permanecido em Belarus, talvez tivesse trabalhado duro para corrigir a postura e ido para Moscou, onde, a essa altura, dançaria no Bolshoi e não estaria morta, com o rosto enfiado na terra, quase esquecida aqui em Levant. Os jovens americanos eram tão preguiçosos. Eu via os pequeninos sendo arrastados pelo supermercado em Bathsmane, quase incapazes de acompanhar as mães. A maioria ficava sentada no carrinho, as pernas gorduchas prensadas na grade metálica, a boca tingida de vermelho pelos pirulitos, o rosto lambuzado de chocolate. Magda não era assim quando criança. Não havia sido criada para ser preguiçosa. Era uma rebelde. Vestia-se como um moleque. O esmalte de suas unhas estava descascando. Não fazia a sobrancelha: depilava-a inteira para redesenhá-la com delineador marrom. Eram finas, muito arqueadas, estranhas, curvas acentuadas.

Todos os verões, agências de emprego angariavam adolescentes do Leste Europeu para trabalharem como caixa em restaurantes de fast food na beira da estrada e atenderem os turistas que cruzavam o estado para visitar parques, cachoeiras ou o mar. Todos falavam um inglês perfeito, melhor que o dos nativos. Talvez Magda fosse uma dessas funcionárias de fast food e tivesse permanecido aqui após a data permitida pelo visto, longe dos radares, escondida, trabalhando em troca de centavos por debaixo dos panos em um asilo para velhos senis. A meu ver, fazia todo o sentido. E assim ficou decidido.

País natal: Belarus.
"São tempos difíceis."
Talvez Blake fosse amigo de Magda e tivesse convencido a mãe dele a alugar para ela um cômodo de sua casa. Ele queria ajudá-la. Ah, estava apaixonado por ela, pode ser. Mas era jovem demais para isso. Tinha só catorze anos. Os pelos do sovaco mal tinham começado a crescer. Pobre Blake, nunca tinha beijado uma garota. Mas devia ser um rapaz especial para se interessar por Magda. Devia ter entendido a situação dela com o visto, que voltar para sua família seria muito pior do que qualquer desfecho possível em um local como Bethsmane ou Levant. Blake deve ter lhe dado cobertura em algumas ocasiões,

com a polícia, ou sondando autoridades superiores e a agência responsável por contratá-la. Por isso, não podia fazer muito alarde em torno de sua morte. Queria protegê-la. Ela o fizera jurar segredo: "Não posso voltar a Belarus. A vida lá é terrível. Meu pai é alcoólatra. Bate em mim e nas minhas irmãs. Por favor, me ajude. Olha, tenho esse dinheiro que economizei do meu trabalho no McDonald's". Como Blake poderia recusar?

Local de residência: quarto alugado no porão da mãe de Blake.

Vislumbrei a casa em um acesso da Rota 17, logo após a saída para Bethsmane. Uma casa térrea de rancho, com tábuas de madeira, uma garagem caindo aos pedaços, um campo de pasto selvagem, cerca de arame enferrujada em torno de um pequeno pinheiral nos fundos. Eu sabia que era preciso muita sorte para ter uma propriedade à beira do lago, longe de tanta decadência. Minha casa era rústica, sem dúvidas. Era adequada para moradia, com isolamento, e quando a comprei me disseram que o encanamento precisava de algumas melhorias, mas não as julguei necessárias. Sugeriram que eu instalasse um toalete com sistema de incineração. Disseram que seria o melhor para o meio ambiente, pois os canos despejavam tudo no solo. Eu havia olhado algumas outras cabanas antes de me mudar para Levant. O corretor me enviou uma foto mostrando uma casa de fazenda muito danificada pelo tempo. Todos os fios e canos haviam sido arrancados, e as raízes de uma árvore abriam caminho na fundação de tijolos em torno da casa. Bethsmane era pobre, e Levant ainda mais. Não era raro ver casas com as janelas cobertas por tábuas de pinho, com folhas metálicas para proteção contra tempestades, lonas azul brilhante cobrindo telhados despedaçados. A casa da mãe de Blake se encontrava nesse estado, imaginei. Talvez o banco estivesse ameaçando executar sua hipoteca, deixando-a sem opção além de alugar o porão para Magda em segredo. "Não conte a ninguém, ou precisarei despejá-la", disse a mãe de Blake. "Ninguém pode saber que ela está aqui."

Eu não tinha noção do valor do aluguel de um lugar assim. Será que cem dólares era muito ou pouco para um cômodo de porão com cama e cômoda, debaixo de uma casa barata nesse fim de mundo? Não tinha nem ideia. Podia fazer uma estimativa a partir do salário que Magda devia ganhar, trabalhando debaixo dos panos como auxiliar de enfermagem cuidando de velhos senis. Era um trabalho pesado, e a maioria das pessoas não tinha dinheiro para contratar ajudantes profissionais de verdade ou viver em um asilo sob cuidados constantes. Eu suspeitava que era possível convencer uma jovem como Magda a trabalhar por seis dólares a hora, mais ou menos. Talvez seis e cinquenta. Se trabalhasse quarenta horas semanais, ela ganharia duzentos e quarenta dólares. Segundo Walter, deveríamos gastar com aluguel o equivalente a uma semana de salário. Desesperada como Magda estava, e desesperada como a mãe de Blake estava para pagar a hipoteca mensal — que deveria ser o quê, uns quatrocentos dólares? —, meu palpite era que ela cobrava da garota duzentos dólares por mês para morar no porão, incluindo água e luz, mas sem alimentação. Blake devia surrupiar um sanduíche para ela de vez em quando, mas sua mãe não gostava disso. Shirley. Agora eu conseguia enxergá-la, olhos frios, mas agradáveis. Provavelmente trabalhava em um serviço de atendimento ao consumidor ou como operadora de telemarketing. Havia um call center em Highland. Devia ser boa nisso. Devia ser boa em soar e agir como se não houvesse nada de estranho ou errado, nenhum problema. Tudo estava sob controle, tudo era maravilhoso. Eu estava muito contente por não ter um telefone.

O porão, onde Magda dormia e matava o tempo em suas tardes de folga, e onde passava os fins de semana sozinha aconchegada debaixo das cobertas sobrevivendo à base de lanches comprados na farmácia — barras de chocolate Hershey's, batatas chips —, mal poderia ser chamado de "residência". Ela não estava residindo. Era como se esperasse uma sentença. Fiquei triste por ela. Se soubesse que havia passado o inverno inteiro com fome, tremendo como vara verde, a teria trazido para minha casa. Já gostava dela, mesmo a conhecendo tão pouco. Poderíamos ter feito companhia uma à outra, e Charlie também passaria a adorá-la após o ataque de ciúme inicial. Acho que ela apreciaria a minha bondade. Teríamos construído um lar juntas, avivado o fogo, cozinhado, cochilado durante as tardes. Ela poderia recostar a cabeça no meu ombro e chorar, e eu acariciaria seu cabelo escuro e sedoso e diria que tudo ficaria bem, e então talvez agora ela não estivesse morta. Talvez estivesse por aí, remando no lago, acenando para mim e sorrindo, iluminada pelo pôr do sol, seu rosto um raio de luz dourada, feito um anjo, uma espécie de garota mágica. Mas não, ela havia se confinado naquele porão. Era escuro ali, apenas uma lâmpada fraca pendurada em um fio, e quem sabe uma luminária que Magda comprara por alguns trocados em uma venda de garagem, do tipo que se prende nos livros para ler na cama sem perturbar o marido. Já tive uma dessas. Walter não gostava. Achava que eu fazia estardalhaço para chamar a atenção dele. "Se quiser ler, leia, para que ser tão sorrateira?" Não ficava bravo de verdade. Estava só me provocando, pois sempre tive muito medo dos segredos entre nós. Sempre sentia que ele estava escondendo alguma coisa de mim.

"Onde foi esse engarrafamento? E por quê? Algum acidente? Descreva o carro para mim. Descreva a cena. Como estava o dia quando você saiu do escritório? Está vendo? Está vendo? Fico preocupada. Preciso saber essas coisas." Teria me preocupado com Magda do mesmo jeito. Também passaria a noite inteira acordada à sua espera quando ela saísse. Faria a cama dela no sofá. Eu nunca sentava nele. Usaria o rolinho para remover todos os pelos de Charlie e arranjaria um bom travesseiro de penas, novinho em folha. Aposto que ela nunca teve um travesseiro tão bom, pobrezinha. Vivia como a Cinderela no porão de Shirley. Uma crueldade. Estava pagando para ficar naquele verdadeiro inferno, e para quê? Para ficar longe de Belarus? Para ter liberdade aqui? Isso não era liberdade, não. Algo horrível devia ter acontecido em sua casa para que ela quisesse permanecer aqui, sem conhecer nada além da autoestrada, das florestas, do trabalho de verão no McDonald's. No máximo ia a algumas festas, bebia cerveja barata, nadava sem roupa, foram essas as únicas diversões que encontrou aqui. Não havia sequer um tapete para cobrir o chão duro de concreto no porão de Shirley, apenas algumas caixas de papelão cheias de pertences inúteis do falecido marido de Shirley: um barbeador elétrico antiquado, gravatas largas de poliéster, uma carteira minimalista, sapatos de couro falso tão duros e ásperos que cortavam os pés. Havia um terno barato inteiro ali embaixo. Shirley o guardara para que Blake tivesse uma roupa adequada para a formatura. Eram assim tão pobres? A vida deles era mesmo desse jeito? Por mais que eu me queixasse por Walter me deixar sozinha à noite em Monlith ou por viajar demais, sempre tivemos dinheiro. Sempre tivemos aquecimento, um bom carpete e toalhas macias, comida na geladeira, um jornal no capacho da entrada todas as manhãs, e eu ganhava um abraço de tempos em tempos. Tinha um armário cheio de roupas quentes para vestir no inverno. A pobre Magda não tinha nada. Só aqueles tênis surrados. Os invernos de Levant eram tão frios. Talvez, quando a temperatura caísse abaixo de zero, Magda vasculhasse as caixas úmidas e tirasse dali as calças e jaquetas do defunto para se aquecer, aconchegada debaixo das cobertas, provavelmente uma daquelas mantas tricotadas por velhas afegãs, feias, duras e cheias de bolinhas, repletas de buracos. Ela não ficava triste ali embaixo? Bem, Magda era durona. Teimava em curtir cada momento. Imaginei que devia ter alguma coisa para ouvir música, um desses aparelhinhos com fones de espuma. Talvez escutasse rádio, como eu. O pastor Jimmy. A rádio pública. As músicas ruins da emissora universitária. Imaginei-a se balançando para a frente e para trás na cama, comendo biscoitos com manteiga de amendoim ou salgadinhos de milho e espiando pelas janelinhas quase grudadas no teto baixo do porão, sobressaltada de vez em quando pelo tinido alto do aquecedor a óleo ou por uma descarga, pelos passos pesados de Shirley atravessando a sala de estar no piso acima. Devia ser terrível viver desse jeito, na casa de outra pessoa, como Anne Frank. Horrível, horrível.

Ao sentir minha inquietação, Charlie se levantou do chão onde estava enrolado aos meus pés e colocou a cabeça no meu joelho. "Precisa fazer cocô, Charlie?" Será que o porão de Shirley tinha sequer um banheiro? Imaginei Magda, como uma prisioneira do terceiro mundo, fazendo suas necessidades em um balde e esperando a família deixar a casa antes de subir as escadas para despejar o conteúdo na privada de Shirley. Se Magda era tão durona e divertida como eu imaginava, se era tão interessante assim, devia guardar uma parte do conteúdo do balde e colocar um pouco de xixi no leite desnatado especial da maldita Shirley. Ou molhar a escova de dentes de Shirley no xixi. Um floco de excremento alojado entre as cerdas. Rá rá! Quase dei risada ao imaginar as vinganças bobas que ela poderia bolar. Barra pesada. Onde ela aprendera essas coisas? Talvez tivesse um pai afeito a brincadeiras de mau gosto. Talvez estivesse seguindo a tradição.

Esse pai. Podia vê-lo. Era como o meu: altura mediana, torso largo, blusão e cachecol de caxemira, bochechas grandes cobertas por costeletas brancas, barba alaranjada pelo tabaco, sempre de jornal na mão, não para ler, mas para carregá-lo por aí enquanto andava pelo bairro, como se quisesse dar a impressão — ao encontrar os vizinhos — de estar a caminho do parque para fumar seu cachimbo e ler o jornal, embora jamais fosse ao parque. Só caminhava, esbaforido, parando quem estivesse na rua com um tempinho sobrando para discutir coisas, compartilhar notícias, gabar-se dos filhos, queixar-se da situação geral e assim por diante. O pai de Magda não era assim, mas sempre tinha uma brincadeira de mau gosto reservada para o último instante. Como todos os piadistas, era depressivo. As pessoas mais engraçadas sempre são. Provavelmente, ele havia se atirado de uma ponte ou se enforcado no armário. Talvez por isso Magda se mostrara tão disposta a aceitar um trabalho de verão em uma rede de fast food quando o agente visitou a escola onde estudava. Mais um motivo para não querer voltar para casa. "Meu pai batia em mim e nas minhas irmãs." Era uma mentira razoável. A compaixão de Blake seria maior se existisse alguma ameaça. "Minha mãe não faz nada para me proteger." Pobre Magda. Com pais assim, eu também me esconderia em um porão.

Família: omissa.

Agora, os amigos. Ela deve ter feito amizade com outros adolescentes de Belarus que foram trabalhar durante o verão no McDonald's da Rota 17. A organização deve tê-los alojado em algum prédio sem uso, imaginei, talvez um chalé de esqui nas montanhas que ficava vazio durante o verão, e arranjado um velho grisalho da região para dirigir um ônibus escolar reformado e levá-los e buscá-los do trabalho. Mas parecia improvável. Para acomodar as pessoas na casa dos moradores locais seria preciso checar antecedentes, buscar isenções, lidar com as famílias da região — era dar muita chance para o azar. Talvez até acampassem em barracas. Os meses de verão em Levant eram ideais para dormir ao ar livre. Em minhas primeiras noites na cabana, dormi no sofá com as janelas abertas. Cheguei a cogitar dormir na rede com um cobertor, debaixo das estrelas. Talvez a Empresa de Recrutamento do McDonald's em Belarus escondesse os trabalhadores adolescentes no pinheiral, pegando-os e largando-os na beira da estrada. Ninguém reclamaria dos estrangeiros, dos estranhos, dos jovens esquisitos em um lugar tão ermo assim. E havia o lago para seduzi-los. "Venha para os Estados Unidos, você ficará em um resort rústico, trabalhará em um restaurante americano limpo, praticará seu inglês, vestirá um lindo uniforme, fará amigos, viverá bons momentos." Talvez tivessem se deparado com minha pequena cabana à beira do lago, feito festas por ali, se abrigado para fugir dos insetos. Não havia nenhum vestígio de invasão. Quando me mudei, a cabana estava vazia exceto pela velha geladeira, pela pequena mesa pintada de verde à la garotas escoteiras e pelos restos do que poderia ter sido um mural, pequenos estênceis brancos de garotas mergulhando, dançando e atirando com arco e flecha. Se os adolescentes de Belarus passaram por ali, tiveram que dormir no chão. Imaginei as toalhas mofadas secando em um varal estendido entre duas árvores, um grupo deles de pé vestindo apenas as roupas de baixo antiquadas, respingando água do lago, observando as lastimáveis cordas apodrecidas do velho balanço. Todos devem ter ganhado peso e espinhas de tanto comer McDonald's. Ou talvez não comessem nunca. Talvez houvesse alguma regra contra isso. Se comessem uma única batata frita, o gerente ameaçaria mandá-los de volta para casa.

Magda devia ter confidenciado a pelo menos um desses adolescentes: "Não vou voltar para Belarus. Prefiro fugir. Se vierem atrás de mim, diga que peguei um ônibus, peguei uma carona e fui para a Califórnia, para bem longe. Não estou mais aqui". E no dia em que a van veio buscá-los para a longa viagem de volta para o aeroporto, de volta para Belarus, de volta para o ensino médio, todos bronzeados e com alguns dólares americanos no bolso, Magda já tinha sumido havia muito tempo.

Mas por que permanecera em Levant? O que a prendia aqui? Seria fácil arranjar uma carona, ou mesmo pegar um ônibus com sua renda módica. Tinha que haver alguma coisa ou alguém que a prendesse aqui. Imaginei-a sentada neste instante no chão da cabana, as costas apoiadas na parede, de frente para mim, fumando um cigarro e vestindo sua jaqueta universitária que, agora eu sabia, devia ter comprado na Legião da Boa Vontade em Bethsmane. Não trouxera roupas de inverno de casa. Olharia para mim e daria de ombros, como quem diz "O que você quer saber?".

Você devia ver o Blake como um pequeno incômodo, alguém que precisava entreter de tempos em tempo. Um menino que a considerava um ente superior, certo, Magda? Deixou que ele acreditasse que, quando fosse mais velho, poderia ter um romance com você?

Ela dá de ombros outra vez.

Enviou um bilhete para Belarus por seus amigos? "Entreguem isso ao meu pai."

Escutei a voz dela em meu espaço mental.

Não tentem me encontrar. Estou muito longe de casa e não voltarei nunca mais. Adeus, para sempre.

Eu não conseguia imaginar o que a mãe de Magda faria ao descobrir, ou o que a empresa de recrutamento diria. Será que a polícia de Belarus se envolveria? Haveria uma investigação? Um relatório de pessoa desaparecida? Parecia-me improvável. A empresa receberia muitas críticas. E que importância tinha, uma garota só? Deixe que fuja. Deixe que se divirta, viva sua vida. A mãe provavelmente imaginaria que ela tinha fugido com um velho rico. Magda que vá para o inferno, disse a mãe. Tenho outras filhas. O que mais poderia fazer? Telefonar para um advogado? Pfff. Quem poderia culpá-la por não ir atrás de Magda? Ela tinha o bilhete para mostrar. *Não voltarei nunca mais. Adeus.*

Amigos: todos em Belarus.

Algum deles devia ter entregado o bilhete pessoalmente à mãe dela. Enfiado debaixo da porta do apartamento.

Não tentem me encontrar. Estou muito longe de casa e não voltarei nunca mais. Me esqueçam. Tchau.

Estalei a língua. Charlie colocou a cabeça no meu joelho outra vez. "Não se preocupe, bebezão. Ela está em um lugar melhor." Era bobo mentir para meu cachorro como quem mente para uma criança, para protegê-la da dura verdade. O paraíso não era para mim. Pastor Jimmy e sua congregação, espalhada por todo o alcance do sinal de rádio, e meu Charlie — o paraíso era para essas pequenas almas inocentes. Walter não estava no paraíso. Disso eu sabia. Estava morto. Só restavam as cinzas de Walter. Pensei de novo na urna, em como ainda não conseguira levá-la de barco até o centro do lago para jogar as cinzas e colocar um ponto-final nisso. Pensei em fazê-lo agora, à noite, iluminada pela lua tênue que se colocava no céu como um relógio, e um calafrio percorreu meu corpo. A noite caíra enquanto eu pensava e escrevia. Bebi o café, frio e amargo. Li o bilhete de Magda mais uma vez. *Não tentem me encontrar*. Charlie pateou minha perna, com fome. Soltei a caneta e fui até a geladeira, meus passos rangendo alto na cabana silenciosa. Olhei para o jardim, imaginei as pequenas sementes cavoucando o solo em busca de calor. Estavam plantadas do jeito certo? A galinha descansava na geladeira, crua e morta, e não senti vontade de assá-la. Abri uma lata de lentilha, virei o conteúdo em um pote e coloquei-o no chão. Charlie olhou para cima, me encarando como se tivesse levado um chute. "Desculpa", disse, e me servi um copo d'água. Estava congelante, e de repente o estranho gosto acre me lembrou do creme pós-barba de Walter, mas me forcei a beber. Voltei para a mesa com uma maçã. Charlie me seguiu, mas apontei para o pote. "Amanhã eu preparo o frango. Coma a lentilha, ou durma com fome."

Estado civil: solteira.

Essa era fácil. Não podia ser casada, e se algum dia teve um namorado ele já não era mais seu namorado. Estava morta, afinal de contas. Mas, se tinha arranjado um namorado aqui em Levant quando ainda estava viva, havia sido uma situação bem complicada. Na verdade, imaginei dois amantes. Um jovem, bonito, de personalidade e corpo flexíveis — musculoso e ágil, no caso —, dotado de um rosto amplo e estranho, mas magro, desengonçado, até, como se fosse inadequado para o próprio corpo. Ahá, assenti. Outro suspeito! O nome dele seria arcaico, mas bobo. Leo. Leopoldo, Magda o chamaria. Ainda era um menino, incapaz de oferecer a ela qualquer coisa além de afeto, gentileza e beijos doces. Magda era muito mais madura que ele. Ah, Blake sentiria ciúmes se ficasse sabendo. Magda não queria magoar Blake, então era discreta. Ela e o namorado tinham um ponto de encontro secreto, um lugar romântico e improvável. Talvez o bosque de bétulas? "O que são essas feridas?", Leo perguntaria enquanto beijava seu pescoço, bajulando-a. Era uma ótima pergunta.

Ela devia ter outro amante, mais bruto, alguém a quem Magda devia muito, alguém ciente de sua condição secreta de clandestina, de fugitiva, de imigrante ilegal, de foragida, e usava essa informação como um machado que pairava sobre a cabeça dela, pronto para baixá-lo no instante em que ela o rejeitasse. Mas quem seria? Alguém que não bate muito bem da cabeça. Não exatamente mau, mas doente de amor. Desesperado para manter Magda perto de si. Talvez filho do velho de que Magda fora contratada para cuidar. Parecia verossímil: Magda limpando com diligência a mesa da cozinha após o velho tomar a sopa, Henry chegando em casa, o fogo ardendo entre suas pernas após um dia de trabalho pesado. Ele partiria para cima de Magda, encurralando-a em um canto. Embora ela acabasse se entregando, sempre havia uma disputa, um cálculo, a promessa de que, se ela não resistisse, ele pagaria as diárias e a deixaria ir embora sem dizer nada às autoridades. Magda estava à mercê dele, e, no entanto, por algum motivo, sinto que ela gostava um pouco do acordo entre eles. Talvez porque lhe desse liberdade: dinheiro — vivo — no bolso. Talvez não passasse disso?, ponderei. Talvez ela fosse o tipo de garota que gosta de coisas sujas e obscuras, que sente prazer em intimidades dolorosas, forçada — não contra sua vontade, mas por escolha — a se sujeitar àquele homem. Talvez ele não fosse tão ruim quanto eu imaginava. Talvez, na verdade, fosse um pouco como Harrison Ford, como Walter. Mas sua falta de jeito dificultava a vida. E Magda era atraída por essa vulnerabilidade. Pobre Henry. Pobre Magda. Perguntei-me se não teriam feito amor ali mesmo, na mesa da cozinha, enquanto o velho assistia a tudo com a baba pingando nas calças. Meu bom Senhor.

Relações com homens: complicadas.

Relações com mulheres: não confiáveis.

Eu não conseguia tirar Shirley da cabeça. Perguntei-me como a mulher na casa de cima via a garota do porão. Magda não era bonita a ponto de despertar o ressentimento que algumas mulheres maduras têm pelas adolescentes sensuais. Nunca invejei o visual de jovem nenhuma. Para mim, era como ver um esquilinho bonito. Esse tem olhos grandes, aquele tem uma listra charmosa etc. Mas algumas mulheres se ofendiam muito com a juventude e a beleza. Para sorte de Magda, ela só tinha a primeira. Não que não fosse atraente. Acho que tinha atitude atraente. E a pele — branco creme, branco "de neve", como dizem, igual a um conto de fadas. Por um instante, imaginei Magda como a Branca de Neve, varrendo minha cabana, pássaros pousando em seus ombros. Mas Magda não tinha nem uma fração daquela alegria. Talvez por isso não despertasse o ressentimento de Shirley: Magda era ranzinza. Saber que ela estava lá embaixo, que se humilhava de alguma maneira para pagar por aquele quartinho patético no porão, devia deixar Shirley um pouco culpada. Era mãe, afinal de contas. Talvez não gostasse que Magda fumasse lá embaixo. "Desça lá e diga que não quero minha casa cheirando a esses cigarros nojentos", dizia a Blake na hora do jantar. Shirley estaria na frente do fogão, mexendo uma panela de macarrão, irritadiça, suas bochechas vermelhas.

"Tá bem, Mãe. Quer que eu vá agora?"

"Bem, não, agora não. Mais tarde. E não seja mal-educado. Só avise que seria melhor ela fumar na rua. Diga que faz mal para a saúde. Uma garota da idade dela ainda está em crescimento."

Magda a deixava assustada. Era isso. Magda intimidava um pouco. Era durona. Tinha sotaque forte. A voz, grave e rouca, soava como a de um matador de aluguel. Conseguia imaginar seus primos em Belarus, homens altos, brutamontes de passos largos com jaquetas pretas de couro liso, ombros enormes, prontos para agredir com um bastão quem insultasse algum de seus parentes. Magda teria sido como eles se não tivesse nascido mulher. Desconfio que, para se dispor a ficar escondida no porão de Shirley em Levant, limpando a baba de um velho e mantendo relações sexuais com o filho dele, a vida em Belarus devia ser horrível. Graças a Deus ela conseguiu sair de lá. Com um suspiro, voltei para o verso do questionário e reli o bilhete de Magda. *Tchau. Não tentem me encontrar. Não voltarei nunca mais. Me esqueçam.* E mesmo sabendo que o bilhete que encontrei pela manhã no bosque de bétula não era bem assim, parecia-me possível que os dois tivessem sido escritos pela mesma pessoa. Enquanto Charlie pateava meu tornozelo, ousei escrever um novo bilhete.

Meu nome é Magda, escrevi. *Ninguém jamais saberá quem me matou. Não foi Blake. Aqui está meu cadáver.*

Levantei-me, peguei a manta que ficava sobre o sofá e coloquei-a sobre meus ombros. Percebi que estava tremendo. De repente, desejei ter um cigarro, embora não fumasse havia cinquenta anos, desde que conheci Walter e decidimos parar juntos — ele deixou os seus péssimos charutos; eu, os meus cigarros, que na época não me incomodavam nadinha, eram como o ar, meu oxigênio. Se fumasse um agora, minha cabeça rodaria. Um pouco de fumaça do fogão a lenha bastava para provocar em mim um acesso de tosse. Talvez eu tivesse câncer, pensei. Talvez também estivesse morrendo.

Aqui está meu cadáver, pensei, sentando-me outra vez. Quem me encontraria aqui, morta em minha cabana? Pobre Charlie, morreria de fome. Teria que dar um jeito de escapar dali para caçar esquilos. Talvez aprendesse a fisgar peixes com os dentes, embora eu tivesse receio de que as espinhas fincassem em sua garganta e o machucassem. No fim, alguém acabaria me encontrando, um esqueleto debruçado sobre a mesa, o bilhete enganchado sob os ossos de minha mão. *Meu nome é Magda. Ninguém jamais saberá quem me matou*. Charlie olhou para mim com cara de cão sem dono.

"Ainda não morri, Charles", falei, acariciando sua cabeça e coçando sua orelha. Ouvi-o engolir alguma coisa e senti uma nova pontada de culpa, o lápis preso entre meus dentes — como uma escritora de verdade! Fritei três ovos, misturei dois deles na lentilha no pote de Charlie e comi o terceiro, direto da frigideira, assoprando o garfo e mordiscando enquanto voltava à escrivaninha, engolindo quase tudo de uma vez só.

Venci as perguntas seguintes com facilidade.

Trabalho: ex-funcionária de fast food. Atualmente cuidadora de idosos.

Passatempos prediletos: fumar cigarros, ouvir rádio.

Fiquei pensando se Magda era do tipo de garota que lê revistas de moda e sonha ser rica e famosa. Talvez isso fosse parte de seu grande plano de se esconder no porão de Shirley.

Estava economizando dinheiro, e mais tarde partiria para Nova York, ou Las Vegas ou Hollywood. Visualizei Magda estudando antigos guias de viagem para Miami, na Flórida, onde todo mundo é bronzeado, usa biquíni fio dental e anda de patins, cercado de palmeiras e tacos, sempre amigável, dançando, tudo é limpo e cor-de-rosa diante de um oceano quente e convidativo.

Por que Walter e eu nunca tínhamos ido nos divertir em um bom destino turístico de verão? Porque Walter não era muito chegado em bons momentos. Ele gostava de trabalho e cronogramas. Sentia que a melhor forma de passar a vida era sendo produtivo. Quase sempre concordava com ele quando estávamos juntos, mas usava meus dias de folga para fazer o que bem entendesse. Montava quebra-cabeças, lia alguns livros, perambulava por lojas e estabelecimentos de Monlith cumprimentando meus conhecidos. Passeava nos parques públicos. Nesse sentido eu me parecia um pouco com meu pai, que também gostava de andar por aí sem rumo, procurando alguém para puxar conversa. Mas eu morava em Monlith. As pessoas de lá estavam sempre entediadas, sobretudo as mulheres. Magda preferiria um pouco mais de agito. Conhecer um bilionário à beira-mar em Miami Beach. Imaginei-a de biquíni barato, preto, brilhoso, a pele branca, tão branca que precisava usar um chapéu grande para proteger o rosto. "O corpo é perfeito, mas o rosto lembra um pouco um leitão." Bem, eu gostava do rosto de Magda, do que conseguia ver dele ao imaginá-lo prensado contra a terra macia do bosque. Na minha opinião, era uma moça adorável. Qualquer homem velho teria muita sorte de passar poucos minutos que fossem em sua companhia. Perguntei-me o quão calculista Magda era. Se, caso houvesse retornado a Belarus, teria se inscrito em um daqueles sites de esposas russas. Mas, daí, teria acabado ao lado de um ex-militar aposentado baixinho e vesgo, agora operário de fábrica, e precisaria viver em algum lugar como Idaho. Só de pensar nos jogos americanos vinílicos e nas superfícies de mármore falso da cozinha de sua casa, que ela precisaria limpar com a esponja após preparar frango frito para o marido, senti vontade de retomar o questionário.

Ninguém jamais me encontrará. Ótimo. Você está livre, Magda. Nada de ruim pode lhe acontecer agora. Não cometerá mais nenhum erro. Tudo o que faz está certo.

Esportes favoritos: nenhum.

Ao menos não do mesmo jeito que os outros têm times ou jogadores preferidos. As pessoas — principalmente homens e rapazes, mas também algumas mulheres — pareciam se associar a equipes esportivas como se isso fosse uma questão de orgulho pessoal. O que esses gordalhões faziam além de sentar e observar? Como esses gordalhões contribuíam com seus times, além de comprar bebidas e de se gabar para seus amigos porque sua equipe era melhor que as outras? É esse o jeito certo de demonstrar apoio? Sacudir uma bandeira? O que era o apoio, senão um desejo vocalizado? Um tapinha no ombro, na melhor das hipóteses? Quando Walter morreu, alguns vizinhos e colegas dele passaram em nossa casa para demonstrar apoio. Como eu deveria lidar com isso? Será que eles achavam que lhes telefonaria e diria "Estou pronta para o apoio que você ofereceu, como pode me ajudar?". Eu não sabia como pedir o que eu precisava. Nem sequer sabia do que precisava. A universidade tinha cuidado do funeral, do sepultamento, do velório. A secretária de Walter me telefonou oferecendo diversas opções de urna. Autorizei a compra da mais cara, óbvio. Ela me pressionou, mas eu tampouco me sentiria bem escolhendo uma mais barata — de metal mal polido — ou a mais barata de todas, de pinho sem verniz. Mas talvez a de pinho fosse uma escolha melhor. Então eu poderia ter deixado a urna de madeira na rua para que as centopeias a devorassem. Era mais civilizado do que atirar cinzas na água e remar de volta até a margem com uma urna de bronze vazia. Com o que eu a encheria depois? Terra do jardim? Plantaria uma tulipa?

Comidas favoritas: pizza. Pêssego. Refrigerante de laranja.

Traços positivos de personalidade mais marcantes: resiliente. Autoconfiante. Manipuladora.

Traços negativos de personalidade mais marcantes: rude. Cheia de segredos.

Senso de humor:
Como o pai, Magda via humor na crueldade e na estupidez, na bufonaria. Debochava de pessoas lentas, feias e gordas. Era muito arrogante e despeitada, e se divertia empurrando pessoas impopulares na lama. Em Belarus, as pessoas a viam como a valentona da turma. Mas ela não tinha escolha. Em uma família como a sua, era preciso ser durona. Não era meiga e feminina. Mas acho que por baixo dessa camada durona, por baixo de tanta presunção, dos olhos revirados, da expressão vazia que adotava para afastar qualquer interesse quando aparecia em público para comprar doces e latas de sopa no mercado, havia uma pessoa sensível de bom coração. Só podia haver. Caso contrário, por que eu gostaria dela? Talvez até tenhamos nos cruzado alguma vez no mercado, e eu estava tão preocupada, sentindo-me tão deslocada — sou velha, estranha, uma invasora, não sou bem-vinda, paranoica após dias a fio isolada em minha cabana —, que nem reparei que havia outra ovelha negra no recinto. Magda com seus tênis sujos, o cabelo comprido e escorrido caindo sobre o rosto como uma lâmina, os ombros arqueados, carregando a cestinha cheia de comida barata

e pouco nutritiva até o caixa, mascando chiclete Bazooka. No inverno ela devia usar um gorro preto de tricô. Quase conseguia me lembrar de vê-la entre as gôndolas fluorescentes, de ter me perguntado que tipo de pessoa andava de tênis sem meias num clima frio. "Os jovens de hoje." Devo ter estalado a língua e tomado aquela garota por uma drogada, uma má influência. Pobre Magda. Só precisava de uma almofada macia em frente à lareira, um colo onde repousar a cabeça. Eu teria cozinhado para ela, alimentando-a até que recuperasse a saúde e a serenidade. "Vá nadar agora, Magda, vai ser bom para você." Poderíamos ter contado piadas. Poderíamos ter rido de Charlie. Teria sido divertido jogar Scrabble com Magda. Eu ensinaria a ela palavras de alta pontuação, e riríamos delas juntas. "Exorcizar." "Quixotesco." "Excelso." "Maximizar."

Temperamento: pavio curto.

Magda não suportava pessoas que falavam demais. Isso a tirava do sério. "Vadia, americana imbecil", imaginei-a resmungando baixinho no balcão do McDonald's enquanto, à sua frente, uma adolescente conversava no telefone e apontava ao cardápio. Magda devia ficar furiosa por ter que servir os outros. Era orgulhosa demais para ser escrava ou criada de alguém. Talvez o velho senil de quem cuidava acabasse pagando o pato. "Velho feio e estúpido! Você se mijou! Tá cheirando a cocô! Cachorro nojento!" Quanto seria preciso para ela bater nele, pegar um livro e atirar em sua cabeça? "Vai chorar agora? Você parece um bebê, chorando para chamar a mamãe. Todo mundo precisa cuidar de você, porque é um imbecil, um cachorro imbecil, cagando nas calças. Aff!"

Os leitores gostarão ou não desta personagem, e por quê?

Agora eu sentia que conhecia Magda, e gostava dela. O questionário tinha funcionado. Magda parecia real. Havia se tornado importante para mim. Tínhamos um laço. Até sentia saudade dela. Gostaria de tê-la conhecido na vida real, mesmo que fosse apenas para um aperto de mãos. Queria que ela pudesse ter me visto para apreciar tudo o que eu estava fazendo por ela, trazendo-a de volta à vida desse modo, investigando seu assassinato, dando a ela uma voz, *Meu nome era Magda* e tal. Eu não a amava como a Charlie, ou como havia amado Walter. Eu a amava como fazia com as pequenas mudinhas que em breve brotariam no meu jardim. Amava-a como a vida, o milagre do crescimento e do florescimento. Amava-a como o futuro. O passado tinha ficado para trás, e já não havia amor lá. Ficava triste ao pensar que Magda estava morta, que a vida tinha sido arrancada de seu corpo, tão abandonada, sem ninguém, talvez à exceção de Blake, para cuidar de seu cadáver. Pensei que era fácil desenvolver um grande afeto pelas vítimas, emblemas de um potencial esvaído. Nada machuca mais que uma oportunidade desperdiçada, uma chance perdida. Eu entendia disso. Tinha sido jovem um dia. Tantos sonhos arruinados. Mas eu mesma arruinei-os. Queria estar segura, inteira, ter um futuro de certezas. Cometemos erros quando confundimos a ideia de ter algum futuro com a de ter o futuro que queremos.

Quatro

Nem Charlie nem eu conseguimos dormir naquela noite. A quietude lá fora era sinistra, nenhum vento ou rumorejo, e tomar café tão tarde me deixou com os nervos à flor da pele. Charlie, embora houvesse comido a maior parte de seus ovos com lentilha, estava especialmente agitado e se levantava para mudar de posição sobre as cobertas o tempo todo. Receio que a lentilha tenha lhe causado indigestão, pois de tempos em tempos um cheiro pungente chegava até mim, obrigando-me a afundar o rosto no travesseiro. Meu próprio estômago estava roncando, mas estava sem apetite. Não podia fazer nada além de aguardar a chegada da manhã. O breu completo durou muito tempo. Eu não estava exatamente com medo. Não estava imaginando monstros ou demônios à espreita no bosque. Sabia que não havia assassinos com machados ali. Caso houvesse, Charlie arranharia a porta, uivando até não poder mais. Nesse caso, seria fácil para nós entrar no carro e dirigir em linha reta até a cidade. Bastaria colocar os chinelos, descer as escadas correndo, pegar minha chave e partir. Um assassino com um machado não conseguiria se movimentar muito depressa, dado que precisava carregar o machado. O alerta de Charlie me daria tempo suficiente até mesmo para apanhar meu casaco e minha bolsa. Não tinha medo de ser feita em picadinhos e dada de comer para os lobos — isso é, caso houvesse lobos na região, o que não era o caso. Ao menos eu nunca tinha visto um. Nem ursos. Porém, havia raposas. Mas o máximo que faziam era revirar o lixo das pessoas e deixar uma bagunça. Não eram piores que gambás ou guaxinins ou qualquer outro marsupial. De qualquer modo, eu levara um cutelo comigo para a cama e o escondera debaixo do colchão. Só por garantia. Afinal, vai saber. Vai saber... Era isso que me impedia de dormir — não saber, e querer saber.

Onde Magda poderia estar, e como fora parar lá?

O questionário estava todo preenchido, e eu tinha uma lista crescente de possíveis suspeitos. Mas isso não me aplacou. Havia muito mais trabalho a ser feito. Precisava localizar as pessoas para interrogá-las, e não sabia muito bem como faria isso. Não era detetive. Não tinha uma lupa, nem algemas. Era uma civil. Para a maioria das pessoas, não passava de uma velhinha. Precisaria farejar, bisbilhotar. Precisaria ser um mosquitinho na parede, ouvindo o que pudesse, compilando, detectando as coisas por meio de vibrações. Precisaria usar minhas habilidades psíquicas. Walter não dizia o tempo todo que eu era uma bruxa? Para Walter, o caso inteiro seria óbvio. Ah, sua insistência em estragar todo bom filme policial era muito machista. "Foi o limpador de piscina", ou "Foi a governanta", ou "Ele é homossexual", ou "É tudo um sonho". Era um verdadeiro estraga-prazeres. Mas eu era igual. Não gostava de tensão ou suspense. Deixavam-me nervosa. Rasgava uma pilha de guardanapos, comia um pacote de biscoitos inteiro enquanto olhava para a tela. Mas, na verdade, acho que gostava. Servia para tornar a vida mais empolgante. Gostava do medo. "Ah, você é muito dramática", Walter me dizia quando começávamos a brigar, em geral por causa de dinheiro ou da programação para o fim de semana. Eu gostava de fazer coisas ao ar livre, mas Walter era muito cosmopolita. "Não vou *nadar* num lago para os micróbios entrarem em meu pênis. Você gostaria disso? Que eu contraísse doenças venéreas? Sabia que lá vivem diversos germes? Aquilo é uma fossa. Não é para pessoas usarem. Pessoas nadam em banheiras. Talvez, se formos cuidadosos, em piscinas. Porque elas têm cloro, Vesta. Não sabia? Meu primo sofreu de disenteria a vida inteira por causa de um mergulho no rio em Bahl."

"Você está invertendo as coisas. Vai ser bom para você, Walter. É bom se sujar um pouco de vez em quando. Podemos fazer uma trilha. Achei que você gostasse de trilhas. Podemos subir a montanha. Tem um hotelzinho lá." Eu estava olhando para um panfleto de Dratchkill. "Não é nada caro. E veja, eles têm serviço de quarto. Nada de bufê!" Walter odiava bufês.

"Não é como na Europa", ele disse. "Não são os Alpes. Estaremos na companhia de andarilhos barulhentos. Gente feia por todos os lados, sacudindo seus bebês para cima e para baixo. Prefiro ir à cidade. A um museu. Mas imagino que você iria gostar se eu a levasse à Disneylândia. Poderíamos visitar os estúdios de cinema, quem sabe ver alguns famosos. Até o seu favorito, Harrison Toyota?"

Era assim que Walter debochava de mim. A maior aventura que vivemos juntos foi parar em um restaurante de beira de estrada em nosso caminho para Kessel. Walter passou mal depois e insistiu para eu ficar longe dele na cama aquela noite. Igualzinho ao Charlie, pensei, rindo. Às vezes, Walter era muito infantil. "Aí, está vendo? Conseguiu o que queria. Basta um pouquinho de ousadia para eu sofrer as consequências. Basta provar essa sua guacamole nojenta."

Mas esse era o lado mais alemão de Walter. Era civilizado em excesso. Era um cientista, afinal de contas. Mas isso não significa que não fosse amoroso. Era muito amoroso. Vinha de um lar amoroso. Seus pais, segundo me disse, renovavam os votos de casamento todas as noites durante o jantar. Às vezes ele fazia isso comigo, geralmente de modo sarcástico. "Vesta, minha querida, aceite este grão de milho e, com isso, eu a desposarei", ou "Aceita essa paleta de cordeiro como sinal de meu amor inabalável e do santíssimo matrimônio, amém?". Havíamos casado no cartório e passado nossa lua de mel em um hotel chique em Des Moines, onde Walter ficou trabalhando na sua dissertação. Era o suficiente para mim, pensei à época, mas ainda não sabia o que de fato merecia. Eu merecia o mesmo que todas as boas moças jovens.

Ainda não estava quente o bastante para deixar a janela aberta, e além do mais eu sentia que isso equivaleria a convidar os espíritos mal-intencionados que porventura estivessem lá fora a entrarem em casa. Denu, o demônio obscuro que eu havia incluído em minha lista de suspeitos, perambulava em um cantinho da minha mente. Walter teria me achado boba por evocar algo tão abstrato, mas não importava. Walter não sabia de nada, embora provavelmente soubesse muito mais agora que estava morto. Poderia estar em algum lugar lá em cima, conversando com Magda. Talvez até olhassem por mim — Walter com seu schnaps, Magda com o refrigerante de laranja. O que estariam falando? Desejei que pudessem ver como eu tinha sido esperta e corajosa, laboriosa, astuta. Walter devia estar sacudindo a cabeça de um lado para o outro.

"O próximo passo é evidente. Você deve escrever um bilhete de resposta para Blake. Ver se ele morde a isca. Não se pode pescar sem anzol, Vesta. Sempre lhe faltou determinação. Não adianta rezar para chover, é preciso dirigir até a represa quando você precisa de água."

Ah, Walter, eu deveria ter jogado você no lago de uma vez, bufei. Estava insuportável ficar ali na cama, no escuro, ao lado de meu grande cão peidorreiro. Eu precisava de espaço. Precisava de ar fresco para respirar. Por fim, levantei-me da cama e abri alguns centímetros da janela. Uma lufada de ar fresco entrou. Bem melhor. Empurrei Charlie para o lado. Ele se ofendeu, saltou da cama e se acomodou no topo da escada, abrindo a mandíbula na quase-escuridão e me fitando com dramático rancor. Pobre cão. Amanhã eu o alimentarei melhor, disse a mim mesma. Se era meu alarme e meu guarda-costas, precisava comer direito. Precisava estar no ápice de seu condicionamento, sobretudo agora, com assassinos portando machados, garotas mortas e criaturas estranhas e invisíveis que vagavam pelo pinheiral durante a noite toda, mesmo que isso só acontecesse em minha imaginação.

"Você será minha?" eram as últimas palavras que eu lembrava ao acordar pela manhã. Sonhara com Walter, suas cinzas empilhadas ao meu redor como um formigueiro, antes de se transformar em areia movediça, a mão de alguém para fora, um relógio com diamantes encrustados envolvendo o pulso esguio. Marcava dez e meia da manhã. Agarrei seus dedos, mas só senti o ar, e depois pele de animal, enquanto ouvia à distância o som de copos e talheres batendo na porcelana de ossos. *"Wilst du be meinen?"* Não era exatamente a voz de Walter, mas era bem parecida. Quando abri os olhos, Charlie estava ali, balançando o rabo depressa, roçando a cabeça na minha mão, no meu queixo, e então sua língua macia e fina lambendo minha bochecha como uma toalha úmida e quente.

"Ah, está bem, meu anjo", eu disse. Senti de imediato a falta de descanso em meus ossos, em meus olhos, em meus pés, em minhas articulações. Desci as escadas e fui até a cozinha, onde olhei com firmeza para os papeis sobre a mesa em frente às janelas que davam para o lago, agora quase transformado em chama pelo sol nascente. Já era final da manhã. Em geral, Charlie me acordava antes do amanhecer e saíamos juntos de casa — eu já de dentes escovados, cara lavada e toda vestida — tão logo os primeiros raios de luz despontavam no horizonte. A mesa, embora ensolarada, estava como eu a havia deixado. Caneca vazia, lápis, caneta, o questionário e meu caderno, que eu não tinha usado. Estava orgulhosa do meu trabalho. Sentia-me como um escultor, adentrando meu ateliê com os olhos sonolentos após uma longa noite de labuta com a argila; um escultor que, pelo trabalho duro e exaustão, foi para a cama sem perceber a forma brilhante que havia criado e deixado para secar no andar de baixo, para que tomasse corpo durante a noite, tornando-se algo real, dissociada dele. E assim Magda havia se tornado real.

Na cozinha, abri a porta para deixar Charlie fazer suas primeiras necessidades, pré-aqueci o forno para o frango e me agachei para pegar uma lata de suplemento nutricional debaixo da pia. Não era a fonte ideal de nutrientes, mas sabia que precisava daquilo. Walter sempre fazia piada com minha magreza, comparando-me às outras mulheres ao nosso redor, ao mesmo tempo me humilhando por ser esguia, ossuda e sem peito e humilhando-as por serem carnudas, porcas de tetas grandes. Ele não queria ser cruel. Seu senso de humor era assim, parecido com o de Magda. Era difícil fazer amigos sem que Walter pensasse que eu estava conspirando contra ele. Acho que se sentia excluído: tinha a impressão de que a maioria das pessoas não gostava dele. "As pessoas são idiotas", era como explicava a própria solidão. Às vezes reclamava que, por ser muito inteligente, tinha dificuldade para se sentir bem-aceito. "As pessoas se assustam", ele dizia. "Camponeses", classificava-os. De vez em quando, lia o trabalho científico de outra pessoa e dizia se sentir reconfortado por "existir mais vida inteligente no planeta". Nunca ousei perguntar o que achava da minha inteligência. Ele sabia muito bem o que tornava a personalidade dele tão desagradável. Nos poucos jantares que ofereci em Monlith, Walter se comportou da melhor forma possível. Sabia impressionar aqueles que, segundo esperava, poderiam patrocinar suas pesquisas, ou diretores prestes a contratar um novo professor de quem Walter não gostava.

Nessas situações, sabia ser charmoso e agia como o marido perfeito, recostava o braço sobre meus ombros, beijava minha mão discretamente e me dizia como a comida estava boa, gracioso, lindo, tão lindo. E um homem lindo precisa ser muito cruel parar causar tanto desconforto nas pessoas ao seu redor. Se Walter fosse feio, as pessoas o detestariam. A gente simples de Monlith se dobrava facilmente às boas aparências. O medo de parecerem preconceituosas era tão grande que não cogitavam tratar Walter com antipatia. "Walter, aquele alemão lindo."

Se me visse agora, enquanto limpo as fezes de rato das bordas de uma lata de bebida nutricional sabor baunilha, ele a arrancaria de minhas mãos com um tapa, iria até a geladeira, pegaria um bife e um tablete de manteiga e me diria para comer igual a gente grande, e não como uma adolescente preguiçosa sorvendo um milkshake. Era tão gostoso fazer o que eu bem entendesse. "São tempos difíceis", lembro que a mulher do canil disse ao me entregar meu filhote. Limpei a lata com a bainha da camiseta do pijama, puxei o lacre e engoli tudo. Conseguia sentir o líquido gelado preencher meu estômago. Tinha gosto de malte, para mim um sabor familiar desde a infância. Costumávamos salpicá-lo em cima do queijo fresco. Agora parecia lama, mas eu sabia que fazia bem.

Tirei do roupeiro minha calça cotelê e um suéter fino de algodão e fui com Charlie dar uma volta. Eu preferiria ficar em casa e estudar meus papéis. Mas não podia decepcioná-lo outra vez. Sentia-me culpada por tê-lo deixado com fome, por tê-lo afugentado da cama. Não tinha dito "vou dar um jeito de compensá-lo"? Ele estava de pé no marco da porta, segurando a guia na boca. "Ah, você consegue esperar mais um minuto." Ele sentou no capacho áspero e soltou a guia. Não escovei os dentes nem lavei o rosto, mas, antes de pegar minhas botas e meu casaco pendurado junto à porta, fui até a mesa só para admirar meu trabalho de perto por um instante. Charlie se mostrou paciente. Não choramingou, mas eu conseguia escutar sua respiração ficando pesada e acelerada.

Meu nome era Magda, vi escrito na minha caligrafia no verso do questionário de Magda. Sem me sentar, peguei uma caneta e abri meu caderno.

Blake, prezado, escrevi.

Mas o que escreveria a ele? Charlie pateou o capacho. Ignorei-o e fechei os olhos. A luz do lago penetrou minhas pálpebras colorindo tudo de vermelho brilhante, de vermelho sangue. Pensei em um poema, um verso que ouvi uma vez, ou mais de um, mas que nunca li de fato. Era a letra de uma canção na minha mente, talvez algo que Walter costumasse cantar.

A maré tinta de sangue.

Anotei isso. E então achei que precisava rimar com o resto, para funcionar bem.

Blake, prezado
A maré tinta de sangue, o lago ensolarado
Sei que ela morreu, e tenho tentado
Olhar e buscar, com todo cuidado
Para descobrir seu corpo.
Próxima pista?

Ora, que poema terrível. Eu quase podia ouvir os resmungos de Walter. Mas, no fim das contas, Blake era apenas um adolescente de Levant. Acharia aquilo brilhante. Pensaria que eu era uma gênia. Arranquei a página do caderno, vesti o casaco e as botas, atei a guia de Charlie e percorremos a trilha de cascalho, atravessando a estrada e a grama alta até chegarmos ao bosque de bétulas, onde tudo estava claro e em paz. Os pássaros cantavam. Soltei a guia de Charlie para deixá-lo correr à vontade. De vez em quando, ele parava para farejar ou fazer suas necessidades. A primavera estava no ar, e segurei meu poema bobo com as duas mãos. Era constrangedor. Não tinha assinado meu nome. Ainda tinha as pedrinhas pretas no bolso do casaco. Ficava zonza só de pensar que só fazia um dia que havia encontrado o bilhete de Blake. *Aqui está seu corpo.* Só vinte e quatro horas desde que ouvi falar em Magda pela primeira vez. Como aprendemos rápido uma sobre a outra! Li meu poema diversas vezes, depois tentei esquecer dele enquanto Charlie e eu penetrávamos mais fundo no bosque de bétulas pela trilha, que continuava exatamente como a deixáramos na manhã anterior.

Mantive os olhos atentos caso tivesse deixado algo escapar — uma gota de sangue, um dente, um dedo, um dos tênis sujos de Magda. Ou, meu Deus, a cabeça dela rolando em meio às árvores feito uma bola de boliche. Blake havia dito *corpo*, não é? Pode ser que se referisse a um corpo decapitado. Precisei me preparar para essa possibilidade. Se o corpo de Magda estivesse decapitado, ele teria mencionado. *Não sei onde está a cabeça dela* ou *eu não peguei a cabeça dela*. Blake não era um monstro, era apenas um menino. E um menino de coração partido. Perguntei-me como ele explicaria para Shirley a ausência de Magda. "O aluguel dela vence amanhã", ela diria, dando uma garfada no purê de batatas pré-pronto, macarrão, ou fosse lá qual fosse a comida com que as pessoas de Levant costumavam se empanturrar.

"Deve estar fazendo hora extra", Blake diria. "Para ganhar o suficiente para te pagar. Você cobra muito caro, mãe. Ela trabalha mais do que você."

"Não tente fazer eu me sentir culpada, Blake. Se seu pai não tivesse nos abandonado, eu não precisaria cobrar nada. Agora, se seu pai estivesse aqui, não acho que teríamos uma garota dormindo lá embaixo. Ele não concordaria com isso. Chamaria a polícia se chegasse em casa e encontrasse uma estranha no porão. Ainda por cima uma estrangeira... Mas eu fui legal, não fui? Me arrisquei por essa garota. Poderia ter me metido em problemas. Sequestro, poderiam ter me acusado de sequestro, não é? Ela tem sorte por ter me encontrado."

Então essa era a Shirley. Ao mesmo tempo preocupada e afetuosa, maternal e egoísta. Blake, em sua delicada puberdade, não conseguiria esconder sua decepção amorosa por muito tempo. Quanto tempo, ponderei, demoraria para se desfazer em lágrimas, botar tudo para fora, ir até a cama da mãe para pedir colo e ser embalado. "Ela morreu!", ele choraria. "Deixei o corpo dela no bosque. Mas não está mais lá. Ela se foi. Ela se foi para sempre. Não, não sei quem matou ela. Não fui eu!"

"Shh, quietinho, fica quietinho, meu menino", diria Shirley. "Foi só um pesadelo. Aquela vagabundinha fugiu com um namorado novo, aposto que foi isso."

Se essa cena fosse real — se Blake tinha deixado o corpo ali e quando voltou viu que tinha sumido —, talvez fosse voltar lá uma terceira vez, pensei.

Quando Charlie e eu chegamos ao local da trilha onde encontrei o primeiro bilhete de Blake, paramos. Charlie cavoucou o chão, farejando. Sim, havia alguma coisa no ar, alguém além de nós tinha passado por ali. Vi isso no modo como Charlie contorcia o focinho, em seus olhos, na ligeira dobra de suas orelhas, que não estavam espetadas como quando avistava uma raposa, mas curiosas. Ouvidos atentos a algo do passado. Um eco. Tentei imaginar o que estaria ouvindo. As mudanças não eram diferentes do esperado de um dia para o outro, levando-se em conta o vento, os passos dos esquilos, do sol secando e aquecendo a terra, da lua apertando-a e refrescando-a. Agora o local já era familiar para mim. Transmitia uma sensação, como se algo houvesse acontecido ali, uma espécie de sentimento reminiscente, como quando Walter e eu percorremos os campos de Antietam, seguindo um homem jovem com uma fantasia boba de soldado confederado. "Neste exato local, muitos jovens perderam sua vida lutando por liberdade", ou fosse lá o que o tinham instruído a dizer. Alguma transformação devia acontecer nos lugares onde alguém morria, onde uma alma viva dava seu último suspiro. Essa ideia me deixou inquieta. Tentei me concentrar na sensação transmitida pelo bosque de bétulas. Havia um peso no ar, disso eu tinha certeza. Uma força magnética.

Parei e peguei meu poema para Blake. Coloquei-o no chão e afixei-o com as pedrinhas pretas. Dispus cada uma delas em um círculo ao redor de minhas frases, escritas com caligrafia cuidadosa. Desejei ter uma flor para colocar junto e deixar mais bonito. Aquelas pedras eram muito brutas, muito pretas, pareciam carvão em contraste com o papel branco.

Fiquei ali parada, olhando a brisa suave revoar na grama fresca e tímida, os botões tenros dos galhos semelhantes a peixes com a cabeça para fora da água. Logo as árvores estariam repletas de folhas, e então o som do farfalhar do vento ao passar por elas seria outro. Mais barulhento. Agora ainda era silencioso, suave. Eu escutava o ruído agudo das extremidades do papel do meu bilhete virando à passagem do vento. Charlie permaneceu ao meu lado. Percebi como ele estava ansioso para voltar para casa e comer uma refeição decente. Eu também estava. Demos meia-volta, e senti que deixar um bilhete para Blake tinha sido um passo importante na minha vida. Em que outra ocasião eu havia feito algo tão atrevido, corajoso ou ridículo?

Enquanto voltávamos pelo bosque de bétulas e descíamos a colina coberta de grama para cruzarmos a estrada, não pensei em Magda, mas em um verso do poema que ficou na minha cabeça. "A maré tinta de sangue." Qual era o significado disso? Nunca fui muito chegada em poesia, mal estudei o assunto, nunca sequer cogitei pegar um livro de poesia da biblioteca para ler. Na maior parte do tempo, eu nem me lembrava da existência de poemas. Parecia ilógico que ainda existissem poetas. Como ganhavam a vida? Para que serviam os poemas, agora que as pessoas tinham televisão? Mesmo um bom romance precisava concorrer com programas de TV e filmes. Vi adolescentes na biblioteca assistindo televisão na tela dos celulares. Ninguém em Levant devia ter o hábito de ler poemas. Exceto para o colégio. A escola mais próxima ficava em Bethsmane. Na verdade, ficava a apenas uma quadra da biblioteca pública. Eu poderia ir até lá e perguntar qual poema continha o verso "a maré tinta de sangue". Talvez não estivesse em poema algum. Fosse uma invenção minha. "Sou poeta", eu descobriria.

"Sou poeta", disse a Charlie enquanto acariciava sua cabeça. Percorremos juntos a trilha de cascalho até a cabana e seguimos o protocolo de praxe. Pendurei a guia, limpei suas patas e abri a porta. Acalorada após caminhar tanto, pendurei o casaco e tirei as botas. O forno estava bem aquecido, de modo que removi o invólucro plástico do frango, tirei de dentro dele o saquinho de miúdos, virei a carne em uma assadeira e levei-a ao forno. Nada de sal, pimenta ou tempero. Charlie e eu não ligávamos para essas coisas. Fritei os miúdos com mais dois ovos para Charlie. E, enquanto ele comia, levei o *bagel* frio e o café até a mesinha de café da manhã, ao lado dos meus papéis, do meu fundo de tela, e comi e bebi e olhei para a água incendiada de luz do sol. Hoje é o dia, decidi. Eu me livraria das cinzas de Walter. Bem, não exatamente "me livraria". Não era a melhor maneira de dizer.

Charlie terminou seu café da manhã e se aproximou da janela para ficar comigo. Estava muito carinhoso, de barriga cheia, esfregando a cabeça no meu colo. Tinha cheiro de terra ferrosa, com alguns resquícios de fezes. Não dei muita bola. Quando dois seres vivem juntos, o cheiro do outro torna-se o cheiro da convivência. Eu mesma precisava de um banho, mas não estava com vontade de tomar. Seria muito esforço tirar a roupa, esperar a água aquecer, encarar meu corpo como era agora, tão pequeno, uma coisinha de nada a ser mantida limpa, como lavar um único prato que usamos o tempo todo. Outra opção era permanecer suja, suar no barco a remo, tomar um banho à noite, com minha taça de vinho. Eu pensaria mais um pouco em Magda, faria novas anotações. E depois iria para a cama e dormiria excepcionalmente bem por ter dormido tão mal na noite anterior. De manhãzinha, Charlie e eu partiríamos para uma longa caminhada no bosque de bétulas. Não seria curioso encontrar meu bilhetinho como eu o deixara, junto à trilha, as pedrinhas pretas emoldurando minha mensagem poética para Blake? Será que ele a estava lendo agora?, ponderei. Ou outra pessoa? Por um momento, imaginei que os vizinhos tinham me visto deixá-lo ali e haviam telefonando para a polícia, denunciando-me por despejar lixo em local proibido. "Aquela velha estranha deixou lixo no bosque. Venham conferir. É um texto meio esquisito."

Desligariam e, em seguida perguntariam um ao outro: "Aquela velha bate bem da cabeça? É uma bruxa que gosta de comer criancinhas?". Eu não confiava nos vizinhos.

Minha mente retornava ao meu poema o tempo todo. "Próxima pista?"

Charlie estava esparramado em um pedaço ensolarado do carpete. Tentei respirar fundo. Mastiguei o *bagel* frio e bebi o café. Começava a sentir o cheiro do frango bem tostado. Levaria uma hora para ficar no ponto. Não daria tempo de queimar se eu o deixasse ali um pouco sozinho, pensei. Não aconteceria nada de ruim com ele, não. Nada me impedia de ir ver como o poema estava. Nada.

E assim, coloquei de volta o casaco e as botas. Prendi Charlie na coleira e conduzi-o outra vez pela trilha de cascalho. Atravessamos a rua, subimos a colina coberta de grama e entramos no bosque de bétulas pelo caminho de chão batido em meio às árvores até o local onde eu deixara o bilhete. Procurei bem, vasculhando todos os cantos, ultrapassando muito o local onde o havia deixado, mas não o encontrei. Alguém passara por ali e o levara embora. Não restaram nem as pedrinhas. Mas então avistei-as, alinhadas, sem dúvidas de propósito, formando a letra *B*.

Bem, para mim era o bastante.

"Venha, Charlie!", gritei, e deixamos o bosque em disparada. Levei menos de dez minutos para chegar em casa, meu coração batendo a toda, muito perturbado pelo fato de terem coletado meu bilhete em tão pouco tempo. Não sei por que, até agora eu tinha pensado que tudo não passava de um jogo. Blake não era real. Não havia ninguém me observando lá fora. Tudo, todos, até Magda eram apenas fruto da minha imaginação. O pastor Jimmy havia dito: "Às vezes a mente nos prega peças". Mas não se tratava de uma peça. Alguém, B, Blake, estava lá fora, comunicando-se comigo. Além disso, havia Magda. Como eu conseguira conjurá-la com tanta facilidade naquele questionário? Era como se alguém estivesse soprando todas as respostas, alguém em meu espaço mental me dizendo o que escrever, uma voz tão clara quanto os meus pensamentos. Mas como eles poderiam ser meus de fato? Eu nunca tinha visto essa garota. Isso me deixava muito nervosa, ah, eu me perguntava o que exatamente estava acontecendo, quem era esse Blake, o que ele queria de mim? Como eu faria o que esperavam que eu fizesse, seja lá o que fosse? Eu seria capaz de solucionar sozinha esse misteriozinho? Encontrar o corpo morto em decomposição de Magda? Queria mesmo isso? Por que Charlie não podia dar conta da tarefa? Ele sempre farejava coisas e animais mortos. Bem, imagino que os seres humanos sejam melhores em solucionar os mistérios mais humanos. O corpo devia estar escondido em algum lugar aonde Charlie não iria, aonde eu não iria, aonde ninguém mais iria se não estivesse em missão. "Meu Deus", pensei de repente. "A ilha."

Isso foi o suficiente para que eu entrasse em casa voando e desligasse o forno, sem nem limpar as patas de Charlie ou coisa do tipo, pegasse minha bolsa e a chave, trancasse a porta, entrasse com ele no carro e dirigisse para longe. Eu estava em pânico. Não sabia aonde iríamos. No banco de trás, Charlie estava maravilhado. Apoiou a cabeça em meu ombro e ficou olhando a vista através da janela. Passamos pela lojinha com o homem de rosto machucado. Henry, pensei. Ali está ele. Compreendi uma parte maior da história. Conseguia mapear quase todo o rol de personagens imaginados na noite anterior. Henry era o homem da loja. Havia uma casinha nos fundos, onde seu pai devia morar. Era ali que Magda trabalhava, cuidando do velho, e era ali que ela e Henry tinham suas relações. Blake e Shirley estavam em algum lugar não muito longe dali. E também havia Leopoldo. Eu só não conseguia situar Denu, a criatura fantasmagórica. Talvez eu nem precisasse lidar com Denu. Eu não queria. Senti um arrepio ao pegar a Rota 17. Estava dirigindo tão rápido que esqueci de colocar o cinto de segurança. Fiz isso, e enquanto o afivelava saí de leve da minha pista. Em questão de um segundo, uma viatura policial piscou os faróis atrás de mim. Não havia mais ninguém na estrada. Eu não estava correndo nenhum risco, não colocara ninguém em risco.

"Fique sentado", ordenei a Charlie. Encostei o carro no acostamento e ajeitei o cabelo. Lembrei aterrorizada que não tinha escovado os dentes nem lavado o rosto. Tinha terra preta debaixo das minhas unhas. Meus olhos deviam estar sonolentos. Talvez eu estivesse fedendo tanto quanto Charlie.

"Senhora Gol", disse o policial quando baixei o vidro. Vi a sua virilha na altura de meus olhos. Podia imaginar sua genitália toda esmagada dentro daquela calça preta apertada. Apertei os olhos para vê-lo, a mão protegendo a vista.

"Gul, sim. Como vai?"

"Bem, tudo em ordem, senhora Gol, mas a senhora está dirigindo de forma errática desde que começamos a segui-la, a uns cinco quilômetros atrás. A senhora não me viu ali atrás?"

"Receio que não. Meu cachorro devia estar bloqueando a vista traseira."

"A senhora andou bebendo alguma coisa, senhora Gol? Tomou algum remédio?"

"Remédio? Nenhum. Peço desculpas se estava acima da velocidade. Estava? Estou com um pouco de pressa."

"A senhora vinha a mais de cem por hora, e o limite aqui é de setenta. São mais de trinta quilômetros acima do permitido, senhora Gol. Um excedente de trinta e três por cento. Aonde a senhora ia com tanta pressa? Tem algum compromisso? Algum rapaz de sorte à sua espera, é? Não, não, nem responda essa pergunta. Está tudo bem, senhora Gol? Não tinha ninguém atrás da senhora, tinha?"

"Ah, não, de modo algum."

Por que tanta curiosidade? Ele sabia de alguma coisa? Imaginei Walter enchendo a boca de pipoca e dizendo "É óbvio. Ele era o amante de Magda. Óbvio que é ele o assassino. Não foi Henry. Não foi Leo. De onde você tira essas besteiras? Vesta, preste atenção nas evidências. Ele está bravo que você se mudou para a cabana porque ele usava o local como, qual é mesmo o nome, como garçonnière. Para trair a mulher."

Arrá, pensei. Por isso os policiais não gostavam de mim. Assenti enquanto o policial falava, pensando na teoria de Walter, contente porque talvez houvesse um motivo real para ter me sentido tão mal-recebida quando me mudei para Levant.

"E há um acesso sem visibilidade ali na frente", ele disse. "Não dá para saber quando vai vir um carro. Por isso colocamos essas placas. Está vendo?" Ele apontou numa direção, mas não olhei. O sol estava contra meus olhos.

"Desculpa. O senhor me perdoa?" Tive a esperança de que minha atuação despertasse alguma pena. Se soubesse induzir o choro, teria feito isso, para demonstrar como era fraca e inocente e assegurá-lo de que eu não sabia de nada e não suspeitava de nada. Não queria me meter em problemas.

"Poderia lhe passar uma advertência formal, mas acredito que a senhora já entendeu o recado", ele respondeu, recostando os dedos grossos da luva de couro preto na janela do meu carro. Tentei sorrir. "Mas vá devagar", ele disse. "E aí, amiguinho", ele cumprimentou Charlie, a voz mais aguda e sussurrada de um instante para o outro. Charlie, meu bobalhão, balançou o rabo e projetou o corpo à frente, como se a luva fosse atravessar a janela para acariciá-lo. Imaginei aquela luva e aquela mão se fechando ao redor da garganta pálida e fina de Magda.

"Senhora Gol", ele disse à guisa de despedida, tocando a ponta do quepe. Pelo espelho retrovisor, observei-o voltar para a viatura a passos determinados. Que cor mais esquisita para um carro de polícia, pensei: vermelho sangue. Ele tinha um cassetete, uma arma. Um agente da morte. Na verdade, bem poderia ser Denu, um espírito faminto e sombrio, um fantasma ruim. Sim. Denu. Ali estava ele. Estive cara a cara com ele. Se havia alguém capaz de matar, era Denu, um sanguessuga de vidas, um soldado de Satã. E se alguém sabia acobertar um assassinato, eram os policiais. Fechei a janela do carro outra vez e esperei o carro de Denu se afastar.

Dentro do carro, entreguei-me a devaneios por um momento enquanto encarava a luz branca e brilhante do sol. Era como se estivesse em Monlith, dirigindo do shopping para casa, de casa para o shopping, e voltei a ser criança por alguns segundos, empolgada sem razão, a mente vazia, esperando em um sinal vermelho, sem nenhum compromisso além de seguir vivendo e curtindo. Foi estranho me deixar levar justo naquele momento, diante do mal e da conspiração. Contudo, por algum motivo, senti-me energizada, em paz, e jovem.

Denu pegou a estrada, deu meia-volta e retornou a Levant pela Rota 17. Eu tinha trancado a porta da cabana, não tinha? Não conseguiria encarar a cidade naquele dia. Sentia-me abalada e vulnerável, como todos que acabam de se deparar com o mal. "Você está envolvida demais, Vesta", escutei Walter dizer. "Vá para casa. Seja quem você é. Monte um quebra-cabeça. Regue seu pequeno jardim. Beba um pouco de chá."

Então voltei para casa. Lembrei do frango no forno. Tentei me concentrar nisso, no que fazer com ele, como cortar as peças para aproveitá-lo — um pedaço no freezer, um pedaço em um tupperware na geladeira. Pensei quais cortes guardaria para mim e quais daria para Charlie comer. Tentei não pensar em Magda, não me sentia forte o bastante para fazer justiça sozinha. Denu tinha drenado minha coragem. Eu não estava em pânico, apenas apatetada. Quando cheguei na cabana, sentia que minha mente havia se fechado.

Charlie disparou imediatamente para o pinheiral a fim de fazer suas necessidades, e depois voltou pela trilha de cascalho, passando por mim como um raio enquanto eu seguia para a porta de entrada. Ele correu até o lago e se molhou. Minha cabeça estava pesada e opaca, mas mesmo assim dei risada ao ver Charlie brincar com tanta energia, saltar na água com um galho ensopado preso entre os dentes. Ele se deliciava com as coisas mais insignificantes. Eu também queria ser assim, e prometi a mim mesma que tentaria me esforçar mais para ser feliz. Por que perder a cabeça com a história de Magda? Talvez eu tivesse imaginado tudo. Talvez tivesse sido só um pesadelo, um sonho febril — às vezes eu levava um tempo para me recuperar depois de ficar doente. Levei a mão à testa. Sim, estava um pouco quente. Quem sabe se tirasse uma soneca, cogitei, quando eu acordasse tudo voltaria a ser como antes. Nada de assassinato, nenhum suspense.

Detive meus passos quando cheguei perto da porta da cabana. Havia alguma coisa errada. Era o meu jardim. Parecia diferente. Achatado, como se alguém o tivesse amassado com as mãos, compactado a terra de algum jeito. Eu tinha deixado muitas pegadas e marcas, minhas mãos e minhas botas, até minhas nádegas formavam duas marcas em meia-lua na terra. E agora ele parecia uma superfície plácida de água. Estava muito estranho. Examinando com mais cuidado, pareceu-me que, além de ter aplainado a terra, alguém tinha arrancado as sementes que eu plantara. Cavei com as mãos à procura delas, mas não encontrei nada. Observei toda a fileira onde as tinha plantado. Não havia dúvidas, elas tinham desaparecido. Quem faria isso? Será que um pássaro poderia arrancá-las da terra com o bico? Será que suas asas seriam capazes de criar um pé de vento forte o suficiente para nivelar a terra, deixando-a com essa aparência? Ou tinha sido alguém, uma pessoa sorrateira que extraiu minhas sementes e depois usou alguma coisa — quem sabe um jornal, ou uma vassoura — para apagar todos os rastros, todas as pegadas? Era coisa de gente ruim, gente perturbada. Um aborto, eu disse a mim mesma, uma crueldade arrancar desse jeito as sementes da esperança sem nem lhes dar ao menos uma chance de germinar. Quase chorei. Mas então minha tristeza se transformou em raiva. Denu não tivera tempo para fazer isso. Quem, então? Se foi você, Blake, pensei, vai pagar por isso. Fosse quem fosse o responsável, sentiria a força de minha ira. Cuspi no chão, virei a chave na fechadura e entrei, deixando a porta aberta para Charlie, que, provavelmente sentindo meu desgosto, adentrou a casa com as patas enlameadas. Mas não dei importância. Liguei o forno outra vez, e a cabana foi tomada pelo cheiro de frango assado.

Deixei-o assando, abri uma garrafa de vinho tinto e fui me sentar à mesa. Liguei o rádio. Tinha esquecido de ligá-lo quando saí correndo da cabana um pouco antes. Só encontrei um jazz sem graça. O pastor Jimmy estaria no ar naquela noite. Sentei e escutei, soltando fogo pelas ventas, meu espaço mental estático e repleto de raiva, mas não decidi até que metade da garrafa estivesse vazia. O frango estava no forno.

"Espere aqui", eu disse a Charlie. Ele empinou as orelhas por um instante. Levantei-me e tirei a urna de Walter da prateleira, segurando-a debaixo do braço enquanto arrastava um dos remos de madeira porta afora e deixava Charlie fechado e seguro ali dentro. Perto do lago, endireitei o barco, coloquei-o na água, entrei, equilibrei meu peso e comecei a remar. Ali fora, vendo o mundo se mover como um caleidoscópio na superfície da água, a sensação era a mesma de tomar uma ducha fria. E Walter estava ali, prensado entre minhas botas, sua urna requintada, como a coroa de um rei ou coisa do tipo. Imaginei que esvaziar as cinzas da urna equivaleria a um destronamento simbólico. Não queria mais Walter em meu espaço mental. Queria conhecer as coisas por conta própria. Assim eu me sentiria melhor. Poderia fazer as coisas de acordo com o meu ritmo. Finalmente poderia pensar por mim mesma. Não remaria até a ilha naquele dia — se o corpo de Magda estava lá, gostaria de encontrá-lo calma e recomposta. Por isso, parei de remar uns cem metros antes, elevei a urna no ar, vi pela última vez meu reflexo opaco no bronze polido e atirei-a na água. E foi isso. Depois de feito, parecia muito fácil. Não proferi uma despedida cheia de pesares. Já havia feito isso. Peguei o remo, virei o barco para o outro lado e remei de volta para casa.

Talvez meus olhos velhos me enganassem, ou meus nervos combalidos ainda estivessem estremecidos pela descoberta de que minhas sementes haviam sido arrancadas, mas, ao voltar lentamente até a margem, ouvi Charlie latir na cabana e, em meio às poucas árvores situadas entre o lago e as janelas diante da minha mesa de jantar, pensei ter visto algo se mexer lá dentro. Pensei ter visto um vulto, não sei dizer de que tipo, passar pela mesa de um lado da cabana e recuar em direção à cozinha. Era só uma sombra esguia se movimentando e que, àquela distância, bem poderia ser um galho balançando, uma névoa levada pelo vento, a imagem de um pássaro voando entre duas árvores refletida e distorcida pelas janelas da cabana. Talvez eu estivesse enganada, mas pensei ter visto uma forma escura e diáfana — de dimensões humanas, mas feita só de escuridão, sem corpo sólido — lendo meus papéis sobre a mesa. Em um primeiro momento, culpei Walter. Se não precisasse descartá-lo no lago, teria ficado ali para proteger meus papéis. Poderia ter impedido aquela sombra-pessoa de entrar na cabana. Poderia ter lutado contra aquele ser, ter me defendido. Foi o sacrifício necessário para enfim me livrar de Walter. Ele sempre esteve lá para me proteger, e por isso nunca aprendi a lutar. Mas decidi que agora aprenderia. Esqueça essa história de ser mais feliz, mais organizada. Seria esperta e durona para abrir meus próprios caminhos. Não precisaria nem de Charlie, pensei, surpreendendo-me com a ideia. Ficaria bem mesmo se perdesse Charlie. Quando cheguei perto, ele parou de uivar e ficou sobre duas patas, espiando pela janela, com o rabo balançando em movimentos frenéticos. Amarrei o barco na árvore e arrastei o remo de volta para a cabana. Nada parecia diferente do lado de dentro. No andar de cima, vi o espaço vazio ao lado da cama onde antes ficava a urna de Walter. Reorganizei depressa os livros e os bibelôs para preencher o vão. Desci até a cozinha, peguei o frango e comi uma coxinha quente como brasa, direto do forno, como se eu fosse uma espécie de animal que esteve a vida inteira passando fome na natureza selvagem.

Voltei para a escrivaninha e escrevi.

Meu nome é Vesta Gul. Se você estiver lendo isso, fui assassinada por Denu. Acredito que ele também tenha assassinado uma garota chamada Magda. O corpo dela deve estar enterrado na ilhazinha do lago, de frente para minha cabana. Por favor, alimente meu cachorro.

Cinco

Depois de cortar as partes do frango, embalar e guardar tudo como planejado, dei comida para Charlie e o tranquei dentro da cabana. "Aja como cão de guarda pelo menos uma vez na vida. Se alguém entrar aqui, ataque." Não esperei para ouvi-lo choramingar e fazer drama. Simplesmente o deixei ali, entrei no carro e dirigi até a biblioteca, onde senti que havia mais o que pesquisar. Queria entrar na internet de novo. O computador me ajudara a chegar até ali, não é? Era uma espécie de oráculo, de força-guia. Todo detetive tinha uma fonte especial de sabedoria, não é mesmo? O computador era como meu espaço mental. Eu não tinha respostas, mas acreditava ter as perguntas certas.

Dessa vez dirigi pela Rota 17 com muito cuidado. Não queria ser parada por Denu outra vez. Isso só atrasaria a história. Não raro sentia-me tentada a abandonar os livros que se arrastavam muito devagar. De núcleo lamacento, nas palavras do resenhista que ouvi no rádio esses dias. Mas, caso Denu fosse me matar, raciocinei que haveria alguma satisfação em passar pelo mesmo desfecho violento de Magda. Ela tinha sido estrangulada, eu tinha certeza. Um garoto como Blake não teria mãos capazes de uma coisa dessas. É preciso muita força para matar alguém por estrangulamento. Magda estava bêbada, ou drogada, quando tudo aconteceu, e foi pega de guarda baixa. Aposto que ela conseguiria lutar e afugentar o assassino se estivesse sóbria, desperta, preparada. Era combativa como um gato. Tinha daquelas unhas compridas. Seu temperamento era comedido, mas quando a provocavam ela ficava raivosa, furiosa. Era capaz de arrancar os olhos de alguém, de pisotear com seus tênis gastos o coração do oponente. Que horror pensar que tanta vida e energia haviam sido estranguladas por aquelas mãos cruéis e enluvadas. Se as mesmas mãos viessem atrás de mim, eu as apunhalaria, imaginei. Pegaria o canivete de Magda e cortaria cada um de seus dedos. Seria um triunfo para nós duas. Um feito e tanto, não? A alma de Magda ficaria livre para voar para onde quisesse. Ou entraria no computador, imaginei, quase rindo sozinha. Existia de tudo na internet. Era o infinito na Terra. Era como o paraíso. Talvez Magda já estivesse lá.

Quando passei pela curva na estrada onde Denu indicara haver um acesso pouco visível, reduzi a velocidade e observei a longa estradinha que dava na casa dos vizinhos. Eu quase nunca os via chegar ou sair. Não tinham sido nada receptivos quando os vi do barco a remo naquele dia do verão anterior, e me ignoravam quando nos cruzávamos na estrada. Para eles era como se eu não existisse, como se fosse invisível. Mas, na verdade, pareciam me considerar inferior a eles. Eu não gostava disso. Não gostava deles. Ao passar pelo retorno onde Denu parou meu carro, fiz uma careta. Podia jurar que havia cheiro de enxofre no ar, o cheiro do diabo, aquela criatura pútrida, um duende, um anjo de dor e escuridão. Era estimulante sentir tanto desprezo por alguém. Inspirava-me tanto que quase senti vontade de dançar. Se fosse artista, pensei, pintaria uma imensa tela preta e vermelha, o pincel apunhalando de modo frenético até que eu caísse estatelada no chão, suada e desnorteada, com o mundo girando ao meu redor. Queria ser capaz de perder o fôlego assim, e por muito tempo achei que não era. Achei que já tinha passado da idade. O êxtase não estava mais em meu horizonte de possibilidades. Acreditava que, para mim, só restavam o conformismo e a resignação. Culpei Walter por me fazer pensar assim. Ele sim era incapaz de sentir êxtase, porque tinha muito medo da alegria e da liberdade. Coubera a ele escolher nossa casa em Monlith, longe do mundo, uma casa de fazenda à deriva rodeada por hectares vazios de pastagens inúteis, sem uma única vaca pastando. Terra seca. Puro capim, com o zunido constante de insetos feios escondidos em meio às folhas. Eu não podia nem fazer um piquenique ali. Walter não deixava. Era como se fosse meu sequestrador. Passei todo aquele tempo como refém, pensei. Agora me libertaria. Me deixaria ir embora.

Quando cheguei na biblioteca, estava morta de fome outra vez. Comprei uma barra de Snickers na máquina ao lado da porta e devorei tudo em três grandes mordidas.

Nunca tinha ido à biblioteca tão tarde, e me frustrei um pouco ao encontrar a meia dúzia de computadores da sala de leitura ocupada pelo mesmo número de jovens vestindo moletons com capuz e jeans, tão largos que até o mais gorducho deles parecia um boneco palito enrolado em algodão. Eram como monges beneditinos, sentados, batendo em seus teclados, os rostos descorados à luz azul e fria das telas. Observei-os, impaciente. Estavam todos boquiabertos, hipnotizados. Dava para ver que estavam conectados a algo com imenso poder sobre eles. Pensei: é isso que acontece quando seu espaço mental é a internet. Perdemos nossa individualidade. A mente pode ir para qualquer lugar. Por outro lado, conectada a algo que requer tanta energia, a mente se torna imprestável. Assim como a urna para as cinzas de Walter, os computadores serviam de recipientes daquelas jovens mentes. Se também estivesse na internet, eu acabaria igual a eles. Nossas mentes se conectariam. E eu não queria compartilhar meu espaço mental com aqueles autômatos. Até as garotas pareciam fantoches, inclinadas sobre o teclado como se nada mais existisse. Nem imaginavam que alguém mais velha, alguém cujo trabalho era muito mais importante, estava esperando ali de pé.

Será que um desses ogros era o meu Blake?, cogitei. Por algum motivo, não me parecia possível. Não conseguia imaginá-lo em um contexto tão mundano quanto o ambiente da biblioteca. Em minha imaginação, ele era mais parecido com os adolescentes da minha época — tenro e desengonçado por fora, mas dotado de olhos tristes ou raivosos, vestido com roupas do número certo, ansioso para agradar os pais. Suas inquietações não vinham da TV ou da tela do computador, mas do desejo de ser bem-sucedido e escapar de tudo ao seu redor. Trilhar um caminho mais nobre em busca da glória a longo prazo, e não a curto prazo como aqueles jovens diante de mim. Por que estavam na biblioteca, afinal? Não encostariam nos livros, quanto a isso não havia dúvidas.

Se Blake estivesse aqui, não seria para usar um computador. Estaria à minha espera nas estantes, por isso segui até o fundo da biblioteca, onde ficavam os livros, uma sala com piso de linóleo e prateleiras beges de metal. Era estranho que as reformas da biblioteca não tivessem contemplado as estantes. Aparentemente, o orçamento não chegara até ali. A iluminação era fraca e, ao percorrer os corredores devagarinho, tive a impressão de estar sozinha. Um fedor intenso chegou de repente às minhas narinas, e quando parei de caminhar escutei um rumorejo suave que me fez olhar para a extremidade oposta do corredor. Era uma senhora idosa, como eu, mas grisalha, com uma capa de chuva comprida e bege e chinelas sujas. Fedia a peixe podre, mesmo a vinte passos de distância. Nunca pensei que existissem sem-teto em Bethsmane, mas sem dúvidas aquela pessoa não tinha casa. Talvez não morasse na rua, mas em um barraco, num buraco no chão, e se arrastava até a cidade de vez em quando para pegar alguns livros. Nem sequer tive vontade de saber o que ela estava lendo, em quais livros tinha encostado, como se essas informações fossem me causar uma indisposição aos livros em geral e revirar o meu estômago ainda mais do que o cheiro dela. Meus olhos começaram a lacrimejar.

"Os jovens de hoje...", a mulher disse de repente ao parar e se agachar. Ela pegou um livro do chão, e seus movimentos eram tão lentos que de início me perguntei se ela não deitaria ali para morrer. Mas ela tirou a poeira do livro e o colocou de volta na prateleira antes de seguir em frente. Esperei no fim do corredor até ela desaparecer, embora eu continuasse a ouvir seus passos ritmados, o roçar de sua grande capa. O fedor permaneceu ali. Respirei e minha garganta travou. Por alguma razão, agradava-me achar tão desagradável seu aroma perverso. Percebi que estava franzindo o rosto de modo exagerado havia tanto tempo que minhas bochechas já começavam a doer. Tentei relaxar e respirar pela boca. Depois atravessei o corredor, como a mulher tinha feito, e inspecionei o livro que ela havia pego do chão. Para meu espanto, era *Obra reunida de William Blake*. Blake. Blake. Fiquei parada perplexa com o livro nas mãos por ao menos um minuto. O que diabos estava acontecendo? Olhei para a capa vermelha e gasta, segurando o livro como uma relíquia, algo dotado de poder. Passei para o frontispício. O texto fora impresso em uma tipografia antiga. Folheá-lo era como folhear a Bíblia. Eu não sabia onde repousar os olhos em meio a tanta linguagem acumulada — não sabia o seu significado. Então cheguei à página onde a lombada parecia estar quebrada, pois ali as páginas perderam o impulso de virarem sozinhas, como se o dedo de alguém apontasse e uma voz em minha mente dissesse: "Aqui".

Ali, sublinhado no topo da página, havia um breve poema, apenas uma dúzia de versos, chamado "A voz do antigo bardo":

Quantos caíram ali!
Tropeçam à noite sobre os ossos dos mortos,
E sentem não sabem o quê, mas se importam,
E querem guiar os outros, quando deveriam ser guiados.

Sem dúvidas era uma mensagem enviada a mim pelo jovem Blake, meu Blake. Que gentileza me retribuir com um poema. Deve ter gostado do poema que lhe deixei no bosque de bétulas pela manhã. Era mesmo um garoto muito especial. Tendo isso em mente, fiz algo que nunca tinha feito antes: rasguei a página do livro e enfiei o calhamaço no meio da seção de enciclopédias, aonde tinha chegado ao caminhar sem perceber durante minha leitura. Não me preocupei em ser vista pela mulher fedorenta. Achei que ela era uma espécie de sereia: o visual estranho e o cheiro atroz eram meros chamarizes para eu parar e olhar. Ah, como fiquei contente ao encontrar uma nova pista, embora não soubesse tirar nenhuma conclusão dela.

Já eram quase cinco horas, e a bibliotecária havia tocado a sineta — uma coisa de outra era, pensei — para anunciar que a biblioteca fecharia em meia hora. Dobrei o poema de Blake e guardei-o no bolso do casaco. Queria estudá-lo quando meu espaço mental estivesse livre, longe das pessoas estúpidas de Bethsmane. Em meu caminho para ir embora, parei no banheiro feminino, situado ao final de um corredor escuro próximo à saída dos fundos da biblioteca. Eu já o havia utilizado diversas vezes antes. Lembrava os banheiros dos meus tempos de escola pública, o metal polido e obscurecido servindo de espelho improvisado, os azulejos octogonais bem juntinhos, mais cinzas a cada dia, os painéis e portas de madeira trabalhados e bem moldados que separavam os antigos vasos de porcelana branca com assentos pretos. Descargas tão potentes que pareciam ter outras funções além de eliminar dejetos humanos — perturbar a pressão do ar no recinto, sugar um pouco da energia ou até mesmo esvaziar o espaço mental das pessoas, pensei.

"Merda", escutei uma voz dizer enquanto a descarga descia. Era uma mulher, óbvio, e quando me agachei para olhar por baixo da divisória da cabine vi algo muito raro em lugares como Bethsmane: sapatos de salto baixo, comedidos, e meias cor da pele. As pessoas daqui não costumavam usar sapatos ou meias-calças assim. As mulheres de Bethsmane usavam jeans, leggings ou calças de moletom. Viam-se jovens de short ou minissaia, mas as mulheres adultas não usavam saias nem vestidos. Bathsmane não era para moças. Era um lugar de caçadores e caminhoneiros. Não era elegante. Eu só encontrava vinho no mercado, e todas as opções eram nacionais. Tinha um motivo para comprar *bagels* pré-fatiados que exigiam refrigeração. A padaria onde eu comprava meus donuts todas as semanas vendia pão, mas era farinhento e entupido de açúcar. Acho que usavam a mesma massa para os donuts e o pão. Era um lugar sem nenhum requinte. As pessoas comiam fast food. Quando cozinhavam, não usavam muitos vegetais. Não sei por quê, dado que a região do entorno estava cheia de fazendas. Não era como se o solo não fosse fértil. Minhas sementes teriam crescido se não tivessem sido roubadas. A maioria das mulheres vestia materiais sintéticos baratos. Suas blusas tinham brilho ou estampa de *tie-dye*, e muitas mulheres tinham tatuagens nos braços. As mais "estilosas" pareciam prontas para sentar na garupa de uma motocicleta. As mais básicas, de aspecto meramente prático, vestiam roupas confortáveis — tênis ou sapatilhas de borracha dessas que se compra em supermercados, inclusive no inverno, ao que parecia. Eu tinha botas adequadas para uso na neve. Tinha um par de tênis, mas quando estava quente preferia usar sandálias ou um sapato de couro.

Também era prática na época em que me mudei para Levant, mas me vestia como uma dama respeitável quando ainda era casada, em Monlith. Vestia peças com botões e saias longas esvoaçantes. Por isso, compreendia uma mulher que usava sapatos delicados e meias-calças, como aquela na cabine ao lado. Ali estavam seus pés, espremidos no couro de cobra marrom, raspado e carcomido em torno da base do salto. Os tornozelos estavam inchados, e o espaço entre os pés era amplo. Ela estava com as pernas afastadas, mas por quê?

"Merda." Os pés se juntaram, marcharam sobre o ladrilho e depois se afastaram. Ouvi um pequeno resmungo. E um instante depois ouvi a voz dizer "Oi?".

"Oi? Sim? Está falando comigo?"

"Sim", disse a voz. "Está vendo umas chaves por aí?"

Instintivamente, espiei dentro da privada em que eu acabara de dar descarga. Não me lembrava de ter visto nenhuma chave ao sentar nela. Mas não tinha o hábito de inspecionar privadas. Mesmo após fazer o que tinha que fazer, não olhava para dentro. Por que o faria? Quem esperaria ser surpreendido por um molho de chaves dentro da privada? Quem esperaria encontrar qualquer coisa que fosse ali dentro, senão o esperado? "Não, desculpa. Não tem nada aqui."

"Nem atrás da caixa de descarga, ou no negócio do papel higiênico?", a voz perguntou.

Ergui as calças, agarrei minha bolsa e me inclinei. "Não, não tem nada aqui", respondi. Não gostei de levar o rosto tão perto do assento da privada.

Abri a porta da cabine. A mulher era grande, mas não obesa. Era só gorducha. Vista de trás, lembrava uma foca batendo palmas, o modo como as nádegas se achatavam, as mãos erguidas na altura do peito, como se estivesse rezando. Ela se inclinou sobre uma das duas pias. O borrão de seu reflexo no espelho falso era branco e vermelho. O cabelo era tingido e havia sido moldado com spray fixador. Nem o corte nem o penteado eram bonitos, mas dava para ver que requeriam muita atenção, assim como a escolha do vestido com estampa floral — aquarelas de amor-perfeito em tom pastel sobre um fundo azul-claro. A mulher praticamente não tinha cintura e vestia um cardigã branco, justo e cheio de bolinhas, esticado nas costas e enrugado na altura do sovaco. Quase não tinha seios, algo atípico em mulheres acima do peso, pensei. Tinha uma papadinha no queixo, mas não era tão vergonhosa. O rosto, quando se virou para mim, estava pálido de pó. Uma linha exata de maquiagem azul-marinho cobria cada uma das pálpebras. De onde eu estava, podia ver os poros dilatados em volta do nariz e os resquícios de um batom perolado e reluzente. Deve trabalhar como recepcionista, pensei. Para se preocupar tanto com a aparência em Bethsmane, só pode trabalhar com atendimento ao público. Não que ela fosse chamar atenção em um subúrbio normal, em algum lugar remotamente civilizado. Em uma cidade de verdade, seria alguém banal. Mas havia se esforçado, e isso era digno de nota.

Pareceu-me engraçado esbarrar naquela mulher justo quando eu estava tão malvestida. Para alguém de Bethsmane, eu não estava fora de moda. Minhas piores roupas eram melhores que a média do que as pessoas usavam para trabalhar. Aquela mulher também usava grandes brincos de pérolas falsas. Devia ter cerca de quarenta anos, mas talvez fosse mais jovem. Era impossível determinar a idade de uma pessoa mais pobre.

"Merda", disse a mulher, seu pequeno lábio cor-de-rosa tremendo com surpreendente ternura. Dei um passo atrás em direção à cabine. "Perdi minhas chaves", ela disse, franzindo a testa. Então se virou e começou a chorar. Eu nunca tinha visto nada parecido. Observei seus tornozelos grossos enquanto ela ia até o suporte de toalhas, de onde tirou alguns pedaços de papel pardo e assoou o nariz.

"Você está bem?", perguntei. O que mais poderia falar? Fui até a pia, mas não lavei as mãos. Estava segurando minha bolsa com muita força. Não sabia o que fazer.

"Estou tendo um dia daqueles", disse a mulher. "Vim devolver um livro e agora não tenho como voltar dirigindo para casa. Devo ter trancado a chave no carro. Ah, meu Deus!", lamentou assoando o nariz outra vez. "E meu filho já deve ter chegado do colégio." Ela olhou para mim, e em seu desespero vislumbrei o rosto de Blake.

"Shirley?", eu disse, e então larguei a bolsa. Minhas mãos ficaram dormentes e eu me agachei grunhindo, "Xii, hein, xiii, hein, que problema, mas devem estar em algum lugar por aqui".

"Bem", disse Shirley, inclinando-se sobre a pia, o corpo macio espremido contra a porcelana na altura do torso, das coxas, era difícil dizer onde começava uma coisa e terminava a outra debaixo do padrão floral. "Não sei o que fazer agora. Tenho uma chave extra em casa, mas é a quinze quilômetros daqui. Você conhece...?" E sua voz minguou. Ela lambeu o dedo e ajeitou o canto inferior da pálpebra, depois limpou o fluido preto que havia escorrido — rímel — na toalha de papel. Assoou o nariz outra vez. Tirou um batom da bolsa e passou nos lábios, fitando seu reflexo vago no metal polido.

"Eu o quê?", perguntei. "Eu conheço o quê?" Peguei minha própria bolsa e vasculhei seu conteúdo como se fosse encontrar explicações ali dentro. Em meu bolso, o poema de Blake parecia o ingresso de um evento para o qual eu estava atrasada. Queria chegar em casa, acender uma vela, decifrá-lo verso a verso. Mas estava com Shirley, uma de minhas personagens. Precisava ser incisiva, fazê-la se expor sem despertar suspeitas. Precisava fazê-la se abrir comigo. Ela parecia claramente frágil. Ali ao lado dela, magrinha feito um fiapo em meu casaco de pena de ganso e sentindo o frio dos azulejos do banheiro, quase desejei que me abraçasse, me aninhasse em seus braços. Ela tinha um ar maternal. Ainda assim não podia me aproximar muito dela. Ela poderia estar envolvida de alguma forma com o assassinato. Detestei cogitar isso, mas mulheres matavam seus filhos o tempo todo. Ninguém é mais próximo deles, e ninguém sofre mais para criá-los.

"Eu só ia perguntar", Shirley se virou para mim — não parecia estar com medo, mas com vergonha, porque seu rosto ficou corado — "se você sabe de algum ônibus que vai no sentido da Woodlawn Avenue? Sei que tem um ônibus escolar. Mas..."

"Você já refez seus passos? Sempre que não consigo encontrar alguma coisa, tento lembrar a primeira coisa que fiz ao chegar. Pendurei o casaco? Abri a geladeira? Bebi um copo d'água? Você pensou direitinho? Não dá para chamar um táxi?"

Shirley suspirou. Procurou na bolsa outra vez.

"Deixei meu dinheiro no carro. A carteira inteira. Deve estar junto com as chaves." Não sei dizer ao certo que subtexto vi nesse comentário, mas encarei-o como um sinal de que Blake puxava as rédeas do destino. Pouco importava se Shirley dizia ou não a verdade. Blake queria que eu visse a casa onde morava com ela, em cujo porão Magda havia morado por meses. É claro que a carteira e as chaves de Shirley estavam com ele. Talvez Shirley também soubesse de tudo. Eu não conhecia as ramificações do esquema, não sabia se Shirley era burra ou esperta. Parecia triste de verdade, mas talvez só fosse boa atriz. Talvez fosse uma habilidade necessária para uma mulher assim, e ela estava com um figurino e tanto.

"Te dou uma carona", eu disse, "é só me mostrar o caminho." Talvez isso fosse parte da pista de Blake: *Tropeçam à noite sobre os ossos dos mortos/ E sentem não sabem o quê, mas se importam/ E querem guiar os outros, quando deveriam ser guiados.*

Levei Shirley até o meu carro no estacionamento atrás da biblioteca. Ela me indicou o caminho com polidez, dizendo onde virar, onde reduzir a velocidade, onde a Woodlawn Road passava a se chamar Woodlawn Avenue. Um garoto surgiu ao lado da estrada em meio ao crepúsculo acinzentado, escarranchado em sua bicicleta, a camisa de flanela preta xadrez flutuando atrás dele como uma capa. Era exatamente como eu esperava que fosse: olhos alertas, mas distantes, a pele ao redor deles quase laranja, como se curando de um machucado. A testa espessa se avolumava sobre os olhos, embora a sobrancelha fosse rala, de um tom de pele oliva cinzento. O queixo, tão diferente do da mãe, parecia talhado por faca, afiado, anguloso, e a boca era grande e fina. A mandíbula era tão projetada que lembrava a âncora de um navio. Estava parado no acesso da garagem — delimitado por duas esculturas de navio escuras, gastas e sujas com grama recém-nascida crescendo entre elas.

"Filho", disse Shirley. "Venha cumprimentar a senhora Gol." Eu dera o meu nome quando ela me perguntou no estacionamento. "Vesta é apelido de alguma coisa?", indagou. "É bonito. Lembra Velveeta. Ou vestes sagradas."

"Olá", eu disse, nervosa por revelar meu rosto ao garoto. Ele se inclinou com as mãos no guidom e andou para a frente e para trás como se estivesse ligando um motor. Estava de camiseta branca, e tinha gel no cabelo curto e penteado. Usava jeans azuis, não muito folgados, e botas pretas pesadas com solas espessas e reforçadas. Apenas acenou com a cabeça para mim.

"A casa está aberta?"

"Sim. O carro enguiçou?", ele perguntou. Tinha a voz baixa, furtiva e preocupada.

"Perdi as chaves, aí a senhora Gol me deu uma carona."

"Podia ter levado a reserva para você", ele disse, já montando e se equilibrando na bicicleta, pronto para voar para longe.

"Pode entrar no carro", chamei, mas ele já descia pela estrada. "A bicicleta cabe no porta-malas", eu disse.

"Deve estar indo para a casa de um amigo", disse Shirley. Dirigimos até a porta da casa. "Prontinho", ela falou ao chegarmos. "Só espere eu entrar e pegar a reserva. Não se importa mesmo de esperar? Não quer entrar?"

Claro, esse era o convite que eu tanto esperava, mas de repente senti minha curiosidade desaparecer. "Ah, não", respondi. "Não quero incomodar."

"Não é incômodo nenhum."

"Imagina", repliquei.

"Faça como preferir", disse Shirley, soando ríspida de repente enquanto saía do carro e batia a porta. A fachada da casa estava velha, mas era mais charmosa que o caixote revestido de alumínio que eu imaginara: paredes de madeira antigas pintadas de azul com algumas lascas faltando, janelas escurecidas com esquadrias brancas e descascadas, uma espécie de caleidoscópio giratório de cristal encantando as coisas lá dentro que poderia ser visto através do vidrinho da portinhola da porta da frente, emoldurada por um beiral de metal corrugado. Os degraus da entrada, apenas dois, eram baixos e feitos de cimento de concreto antigo com pedras incrustadas. Fiquei observando Shirley caminhar delicadamente até a porta da frente. Ela fez um estranho ritual com a maçaneta, puxando-a para cima e depois em sua direção, depois girou a mão de volta e empurrou com o ombro a porta que se abriu para revelar um cômodo pouco iluminado e recoberto de papel de parede. Enxerguei a escada serpenteando para baixo. A entrada do porão deveria ficar no fim da escadaria, pensei. Shirley se virou, o rosto vermelho de estresse.

"Tem certeza de que não quer entrar?", chamou. "Estou me sentindo culpada. Venha, nem que seja para tomar um copo d'água, senhora Gol." Ela acenou, segurando a porta aberta.

Eu me rendi. Queria ver a casa por dentro. Ela era uma mulher gentil. Não tinha matado ninguém, eu sabia que jamais seria capaz disso. Talvez até estivesse preocupada com Magda, perguntando-se por que não tinha dormido em casa nas últimas duas noites. Shirley era bem-intencionada. Uma pessoa honesta. Batalhava por seu lar. O piso de sua casa era exposto e estava gasto, a laca opaca em toda a superfície, exceto nos cantinhos dos cômodos e corredores.

"Acho que não é bom tirar o casaco, aqui forma uma corrente de vento", Shirley disse enquanto largava a bolsa em uma mesa de vime branco no hall de entrada. O papel de parede era bem parecido com a estampa do vestido de Shirley: flores azuis e amarelas sobre um fundo cinzento, estilizado, atraente à sua maneira, mas sarapintado por antigos vazamentos e descascando perto do teto, metade do qual era recoberto de compensado exposto. Estourou um cano, deduzi. Havia gesso de massa corrida na outra metade do teto. "Venha para a cozinha e sente-se enquanto eu..." a voz de Shirley foi minguando.

"Que casa linda", eu disse. A cozinha parecia de outra época, um tempo que vivi mas não testemunhei de primeira mão, porque minha vida ao lado de Walter era muito abastada. Os objetos eram verde arroxeado, feitos de plástico. Painéis de madeira falsa recobriam as paredes da cozinha, as gavetas tinham puxadores de metal preto, o cheiro de gordura de bacon pairava no ar frio.

"Sabe como é, pelo menos tento manter tudo limpinho", disse Shirley enquanto revirava uma gaveta no fundo da cozinha.

"Em casas antigas, isso é um desafio e tanto. Mas é linda", eu disse. "Quantos andares?"

"Os quartos ficam lá em cima, o banheiro também. Precisa ir?"

"Não, não, só queria saber. São só você e seu filho?"

"Isso, meu menino, meu homenzinho. É um bom rapaz. A alegria de uma mãe."

Se ela sabia que Magda estava morta, não demonstrava. Mas, por que estava tão distraída e emotiva? Blake parecera taciturno lá fora, em sua bicicleta, quando me ignorou totalmente. Esperto da parte dele, supus. Não queria que a mãe descobrisse nossa troca secreta de correspondências no bosque para falarmos sobre Magda. As escadas para o porão eram estreitas, e ficavam bem ao lado da geladeira. A porta lá de baixo estava fechada. Shirley não me contaria nada sobre uma inquilina. Mesmo se confiasse que eu não contaria a ninguém, ia pensar que eu a julgaria. Teria medo de parecer pé-rapada por alugar o porão. Ainda no carro, ela tinha perguntado onde eu morava. "No Lago David", respondi. "Bem na margem, no antigo acampamento de escoteiras."

"Tá brincando. Sabe, fui lá quando ainda era pequena. Os bosques eram cheios de hera venenosa, terrível. Tinha umas cabaninhas lá, não sei bem para quê. Como é o seu nome mesmo, Vestina?"

Agora ela estava lavando as mãos, a chave reserva repousava no balcão ao lado da pia. Olhei ao redor em busca de pistas. Bisbilhotice era falta de educação, mas Shirley estava de costas para mim.

"Você tem problemas com alagamentos?", ocorreu-me perguntar. "O porão inunda quando chove?"

De onde eu estava não enxergava seu rosto, mas ela demonstrou uma leve surpresa. "O porão", ela disse. "Não, acho que nunca alagou."

Sob uma banqueta de altura ajustável ao lado do telefone, vi uma coisa amarela. Dei um passo silencioso naquela direção e me agachei. Era o cabo de uma escova de cabelo. Por impulso, peguei e escondi a escova no bolso interno de meu casaco.

"Não desço muito ao porão", Shirley estava dizendo.

"Entendi", eu disse. Ela serviu um copo d'água da torneira. Ergui a mão para recusá-lo.

"Não? Tá bem. Bom, podemos ir. Nem sei como agradecer por tudo isso. Não sei o que teria feito."

Fui com ela de volta para a porta de entrada.

"Seu filho teria ido resgatá-la."

"Mas não é seguro andar de bicicleta lá tarde da noite. Vai saber o que pode acontecer. Às vezes as pessoas dirigem de um jeito..."

Era verdade. Eu mesma enxergava muito mal à noite. Via tudo granulado e embaçado quando estava escuro. Walter me proibira de sair de casa depois de ele voltar do trabalho.

"É verdade, e os postes de luz ficam muito longe um do outro. Mal consigo enxergar a estrada de noite. Só os faróis", falei enquanto caminhávamos de volta para o carro.

"Fico doente de preocupação", Shirley disse ao fechar sua porta. "Mas é o preço de morar em um lugar tão bonito. Detesto cidades grandes. Fui a St. Viceroy no verão passado e levei semanas para me recuperar do barulho. E os quarteirões, tão amontoados."

"Mas a vida na cidade pode ser legal", eu disse. Agora o carro avançava de volta para Bethsmane à luz do pôr do sol. "Tem muita energia."

"Gosto daqui. Ninguém nunca te incomoda."

"Tem isso", comentei. "Também gosto daqui. Não quis dizer que não gostava. Estou muito contente."

"Você mora sozinha lá, no acampamento de escoteiras? Não vou lá há décadas. Para ser sincera, nem acredito que ainda está de pé."

"Sim, moro sozinha. A estrutura é bem sólida. Na verdade, é muito boa. Rústica, mas confortável."

"Todas as garotas iam para lá no verão", Shirley disse. "Fazíamos cada coisa. Às vezes eu queria ter tido uma filha."

"Ah, eu também", concordei. Mas disse isso só para ser agradável. Não estava falando sério.

"Os meninos são tão rudes e bagunceiros. Blake me atura por interesse. Não é muito brutamontes. Graças a Deus. Andam dizendo cada coisa sobre o futebol americano, que pode causar danos cerebrais. Prefiro ter um filho gay a vê-lo se tornar um vegetal. Pobrezinhos dos pais."

"Legal da sua parte", eu disse.

"Estou falando demais, vou deixá-la entediada", disse Shirley.

"Não seja boba. Uma velhinha solitária como eu? É um prazer ter companhia de vez em quando. A única pessoa com quem converso em casa é o meu cachorro." Assim que disse isso, entrei em pânico. Tinha deixado ele sozinho a tarde inteira. Desde que o adotara, acho que nunca ficamos separados por tanto tempo.

"Você deveria sair mais", disse Shirley, simpática. "Sei que há uma noite de bingo da terceira idade na Sisters of Mercy. Meu pai costumava ir lá antes de falecer."

Aumentei um pouco a velocidade. Shirley fez mais algumas sugestões — clube de tricô, do livro, voluntariado. Eu poderia inclusive telefonar para ela quando me sentisse muito sozinha, ela disse.

"Você é muito gentil", respondi. Ela era.

Por que eu tinha tanto medo de perguntar sobre Magda? O que ela poderia fazer de tão ruim assim? Saltar do carro em movimento? Shirley suspirou quando dobramos na Main Road.

"Posso perguntar uma coisa?", arrisquei. Minhas mãos estavam firmes no volante, tentando não ficar tensa nem tremer, apesar do nervosismo. Sentia o peso da escova de cabelo de Magda no meu bolso. O cabo era como uma arma que eu poderia sacar. Isso me acalmava.

"Ora, Vesta, sim, claro. Como posso ajudá-la?" Shirley soava como as atendentes da companhia elétrica. Sempre que telefonava para lá em Monlith, era atendida por alguém assim — mais feliz e animado do que se esperaria de uma pessoa normal.

"Você já soube de algum crime esquisito por aqui, em Levant, ou em Bethsmane?"

"Ah, querida, sabe como é, tem uns idiotas mexendo com drogas por aqui. Dois verões atrás, explodiu um trailer em Brooksvale. Saiu voando pelos ares. Às vezes se vê uns sujeitos bem doidões andando por aí. Cozinham suas drogas em qualquer lugar que arranjarem."

"Nenhum morto?"

"Bem", ela fez uma pausa e beliscou os lábios enquanto pensava na resposta. "As pessoas morrem o tempo todo, né? Por mais triste que seja, a vida é curta, e que Deus nos abençoe, né?"

"Mas sem assassinatos então, né?"

"A senhora parece o meu filho falando. Os garotos da idade dele são fissurados por essas coisas medonhas."

"O seu filho é?"

"Sabe como é, a gente precisa ficar de olho nos jovens, com tanta violência nesse mundo. Não sei de onde tiram tantas ideias ruins. Dos filmes, acho."

"Dos computadores."

"Só Deus sabe."

"Então, nenhum assassinato?"

"Não que eu saiba." Ela estava virada na minha direção, afastando o cinto de segurança do peito. "Está com medo de ficar sozinha lá na cabana? Lendo muitos livros assustadores?"

"É bem isso. Estou com a cabeça cheia de histórias assustadoras."

"Leia algo relaxante hoje à noite, querida", ela disse. "Alguma coisa para acalmar o coração. Ninguém vai fazer mal a você, Vesta, não se preocupe. Se ouvir qualquer coisa estranha, é só ligar para a polícia. Vão aparecer na hora. Mas tenho certeza de que você está segura lá."

"Você tem razão. E tenho um cachorro grande para me proteger."

"É isso aí."

Quando chegamos ao estacionamento da biblioteca, o sol já tinha se posto. O céu estava pintado de um azul quase neon. Não havia nenhum carro no estacionamento além do Toyota Corolla prata de Shirley, com o vidro traseiro protegido por uma toalhinha de crochê.

"A senhora foi tão bondosa, tão generosa. Obrigada", ela disse. "Nos vemos por aí, espero. Por favor, não se acanhe. Somos todas vizinhas aqui, nessas terras selvagens."

Após dizer isso, saiu e bateu a porta. Observei-a pelo espelho retrovisor. Ela destrancou o carro, entrou, deu a partida e piscou os faróis para mim. Saí do estacionamento com Shirley logo atrás, e atravessei Bethsmane em direção a Levant. Quem eram esses drogados estranhos perambulando por aí, explodindo trailers? Cozinhavam quais drogas, exatamente? Cozinhavam? Do topo da colina, onde a Main Road dava na Rota 17, vi as luzes do centro comercial onde havia um McDonald's. Poderia ir até lá e perguntar se algum dos atendentes conhecia Magda, se alguém desejava sua morte e assim por diante. Mas isso é o que um detetive da polícia faria. Eu não queria criar intrigas nem gerar fofocas. Fui bem discreta com Shirley. Peguei o poema de Blake e segurei-o enquanto dirigia. *Tropeçam à noite sobre os ossos dos mortos/ E sentem não sabem o quê, mas se importam/ E querem guiar os outros, quando deveriam ser guiados.* Talvez Blake se referisse a esses drogados, trôpegos. Talvez eles fossem me guiar ao final da história. Talvez estivessem com o corpo de Magda e quisessem pedir resgate. Será que estavam na ilha, à minha espera? Será que Blake sabia? Decidi que precisaria ver com meus próprios olhos. Larguei o poema no colo. Senti a escova de Magda roçar na minha perna. Tirei-a do bolso e olhei os fios de cabelo enrolados nas pequenas cerdas. Sim, fios negros e compridos. O cabelo de Magda. Vou te encontrar, Magda, falei mentalmente. Aumentei a velocidade, peguei o acesso de cascalho e estacionei depressa em frente à cabana, tão escura a essa hora, tão silenciosa, apenas a lua brilhava baixo no céu. Praticamente corri até a porta: tinha ficado fora mais tempo que o planejado. Com sorte, Charlie não teria feito suas necessidades dentro da cabana. O cheiro seria péssimo. E eu não poderia puni-lo por isso. A porta estava trancada, como eu a deixara.

"Onde você está, meu amor? Meu garotão? Sinto muito. Sei que você ficou esperando. Por favor, me perdoe, meu cachorrinho. Charlie, meu bom garoto."

Ele não apareceu. Não estava ali. Voltei para fora e olhei na direção do pinheiral antes de contornar a cabana e ver o lago. Me dei conta de que a essa altura, após tantas horas sem ser vigiado, ele poderia estar em qualquer lugar. Alguém com uma chave deve ter aparecido e aberto a porta para ele sair.

Seis

Por muitas manhãs eu acordei com o sol pálido reluzindo sobre o lago com toda sua suavidade rosa, branca e amarela, ainda embebida de meus sonhos, assim como Charlie. Mas, naquela manhã seguinte, acordei sozinha. Não sei como acabei conseguindo dormir, exausta, auxiliada pelo vinho. Não poderia ter saído para procurar Charlie. Era muito perigoso caminhar lá fora à noite quando havia drogados à solta. Eu pensava o tempo todo no que dissera a Shirley. "Quando perco alguma coisa, refaço meus passos." Mas não poderia fazer isso com Charlie. Não ajudaria em nada. Agora, portanto, tinha dois mistérios para resolver, o de Magda e o de Charlie, e, para piorar a situação, eu estava com saudades do meu cão. A cama ficava gelada sem ele. Eu tinha jantado um *bagel*, sentia-me culpada e triste demais para comer o frango assado sozinha. Afinal, essa tinha sido minha motivação para arrumar um cachorro, a solidão e o silêncio brutal da casa vazia em Monlith após a morte de Walter. O vazio deixado por Charlie parecia ainda maior. Por que ainda não tinha voltado para casa? O sol já estava alto. Tínhamos a nossa caminhada matinal pela frente, nosso café da manhã, nossas vidas para tocar. Ele ficou tão ultrajado assim? Será que pensou que eu tinha abandonado ele e a cabana para sempre? Eu não conseguia pensar muito em quem teria entrado na cabana, quem teria segurado a porta aberta para ele e até o estimulado a fugir, afugentando-o, aposto, amedrontando-o, dizendo para ele nunca mais voltar. "A Vesta morreu! Agora chispa daqui, saco de pulgas imbecil!" Tinha sido Denu. Não me permiti pensar muito nisso, mas agora, com o sol alto, não pude mais evitar e fiquei furiosa. Eu tinha sido violada. Fora atacada. Devo estar no caminho certo, pensei, se Denu veio para cima de mim desse jeito. Vingança.

Eu me vesti. Não sabia bem o que fazer. Devia estar com a aparência um pouco zangada, empertigada, com lágrimas nos olhos. Não tomava banho há dias. Em uma situação normal, isso teria me incomodado, mas não dei bola. Estava chateada demais. De fato, sentia-me como uma criança que perdeu a mãe de uma hora para outra. Desejei ter alguém para quem ligar. Será que conseguiria achar Shirley? "Meu cachorro fugiu", choramingaria.

"Pobrezinha. Vou aí depois do trabalho e ajudo você a procurar. Você deixou um pouco de comida do lado de fora? Ele vai voltar assim que estiver com fome. Sabe o caminho da casa dele."

Mas eu não tinha telefone, e envolver Shirley só complicaria ainda mais as coisas. Podia imaginar as risadas que ouviria se telefonasse para a polícia.

"A velha doida, a velha escoteira, o cachorro dela sumiu", diriam na delegacia.

"Onde será que ele foi."

"Saco de pulgas imbecil."

"Deve ter fugido. Quem ia querer ficar com aquela velha coroca, aquele monstro, aquela bruxa? João e Maria, não é essa a história? Da velha coroca que vivia sozinha no bosque? Ou estou pensando em Cachinhos Dourados? Seja qual for, aquela mulher é uma vaca, sem dúvidas."

Aqueles policiais eram uns brutamontes para falarem de mim desse jeito. Será que eles não sabiam que eu havia sido esposa de um cientista? Que usava os vestidos de seda mais elegantes e frequentava jantares na universidade? A esposa de um senador elogiou o meu penteado. Minha foto saiu no jornal algumas vezes. Cantei em um coral na época da faculdade. Estudei caligrafia japonesa. Uma vez, salvei um gatinho que tinha subido na roda do carro de um senhor. E no que aqueles policiais eram bons? Em multar as pessoas por excesso de velocidade? Imaginei seus espaços mentais, apinhados de ratos sem cabeça jorrando sangue, os ossos esbranquiçados do pescoço à mostra, várias cabeças roendo corpos decapitados. Imaginar os pensamentos daqueles monstros revirava meu estômago. Se Denu havia encostado um dedo que fosse em meu cachorro, eu o mataria. Nem sequer o deixaria implorar por clemência. Apenas cortaria sua garganta branca e espessa.

Sabia direitinho o que Walter teria dito. Devia estar pensando isso neste instante, em seu leito aquoso de morte. "Você não é forte o bastante para isso, Vesta, minha querida. Tem o temperamento dócil demais. Você é um pássaro pequeno, um pardal, e tenta agir como falcão. Não é a sua vocação. Você é só uma coisinha. Seja a boa e velha Vesta e saia por aí cantarolando. Dance um pouco, varra o chão. Minha doce garota emplumada, a morte não é para você." Eu tinha poluído o lago com Walter para sempre. Devia tê-lo virado no lixo, jogado a urna fora dentro de um saco preto selado de plástico grosso e levado no lixão, onde eu deixava todo o lixo que não queimava. Não que eu produzisse muito lixo. Afora as embalagens e as caixas de leite vazias, esforçava-me ao máximo para usar a grande composteira que tinha comprado na ferragem no último verão. Charlie gostava de farejá-la o tempo todo. Diziam que não se devia compostar carne, mas ossos de galinha não devia ter problema, pensei. De qualquer modo, Charlie não podia comê-los. Caso o fizesse, eles se transformariam em agulhas. Espetariam sua garganta. As entranhas sangrariam. Ai meu Deus, pensei, segurando o casaco. Charlie podia ter se machucado. Podia ter sido atropelado por um carro. Podia ter sido devorado por um urso, ou coisa pior. Nada o impediria de voltar para casa, imaginei. A não ser que estivesse machucado e preso. Talvez um rochedo tivesse despencado sobre ele, pensei. Mas não havia rochedos em Levant. E então, ó céus, imaginei que ele tinha se apaixonado. Nunca o castrei. Esse consolo eu tinha. Ele podia ter caído no mundo, arrebatado pelo romance, e ter procriado, como sempre deveria ter sido. Quando retornasse mais tarde, orgulhoso e sereno, exigiria respeito renovado. "Está vendo, Vesta? Não sou mais um bebê. Sou um pai orgulhoso. Espere só até ver meus filhotes." Isso me alegrou. Isso me fez sorrir. Mas eu não tinha tanta certeza. Os acontecimentos dos últimos dois dias me levavam a imaginar que era peça de algum inimigo. Denu viera até aqui. Denu queria me assustar, me distrair de minha busca. Poderia estar me observando neste exato instante. Sem Charlie para uivar, eu não tinha como saber se havia alguém no pinheiral.

Abri a porta da frente. Assoviei. Chamei. Fiquei com medo de procurá-lo, pois caso não o encontrasse não haveria dúvidas de que se fora. E mesmo se o encontrasse, poderia ser seu corpo morto. Era melhor procurar ou não procurar? Ponderei a questão com um pé para fora da porta. Pela janela eu via mais uma manhã clara e bonita. A ilha estava lá. Eu poderia fingir que nada de ruim tinha acontecido. Poderia seguir com meu dia, caminhar pelo bosque de bétulas, tomar meu café da manhã. Poderia plantar mais sementes, escutar o pastor Jimmy, dançar um pouco caso tocasse alguma música. A vida não era só se preocupar com um cachorro. Ou com Magda. Precisava cuidar de mim mesma. Precisava de atenção. Decidi não sair à caça de Charlie naquela manhã. Ficaria em casa. Pensaria, e não pensaria. Sem Charlie meu espaço mental ficava selvagem, em estado de pânico, mas também parcialmente vazio. Eu tinha um espaço maior para preencher.

Talvez houvesse algum jeito, pensei, de resolver tudo da segurança de meu próprio lar. Talvez não fosse preciso me aventurar lá fora para investigar. Walter sempre dizia que o mundo era em sua maioria teórico, não dizia? Se uma árvore caiu, ela de fato caiu? Como podemos ter certeza? Não deveríamos confiar em nossos olhos. Ah, Walter. Ele tinha mesmo morrido? Só vi seu corpo morto por uns poucos minutos. E se tivesse fingido tudo só para se livrar de mim? "Vou te mandar um sinal", ele dissera. Implorei para ele concordar em fazer isso. "Quando estiver morto, você vai voltar de alguma forma? Por favor, tente. Se puder, mande um sinal de que está lá. E se puder, fique comigo. Vou ficar sozinha. Mas promete mesmo? Prometa vir me encontrar. Mesmo que seja muito difícil. Pode ser? Pode? Por favor?" E ele prometeu. Vi ele prometer. Mas não acreditei. Bastava fechar os olhos e eu podia retornar a Monlith. Podia voltar à nossa lua de mel. Podia voltar à faculdade. Podia ter dezessete anos. Quase podia sentir o gosto amargo da casca das laranjas que cresciam no quintal da minha casa de infância. Não devíamos comer a casca, mas eu comia e depois ficava com dor de barriga. Ficava mesmo? Eu tinha realmente crescido? O tempo de fato passou? O que acontecera com minha vida, perguntei-me. E ao pensar nisso estendi a mão para Charlie esfregar nela sua cabeça sedosa, mas isso não aconteceu. Fiquei arrasada outra vez. As coisas podiam ser teóricas, é verdade. Talvez eu estivesse imaginando tudo, mas ainda assim doía. Continuava sendo triste perder alguém que amávamos.

Liguei o rádio e preparei uma jarra de café. Era o pastor Jimmy. Ele parecia estar no ar sempre que eu precisava dele. "E Deus vos disse..." Fui até a pia e lavei o rosto. "O pecado do homem é sua cegueira." Escovei os cabelos com a escova amarela de Magda. "Benditos são aqueles..."

Servi uma xícara de café e levei-a para a mesa. Meus papéis estavam empilhados, e não da forma como eu lembrava de tê-los deixado na noite anterior, esparramados. Mas eu tinha bebido vinho. Tirei do bolso do casaco o poema de Blake. A caneta usada por ele para sublinhar aqueles versos era uma esferográfica azul, igual à do bilhete do bosque.

Quantos caíram ali!
Tropeçam à noite sobre os ossos dos mortos,
E sentem não sabem o quê, mas se importam,
E querem guiar os outros, quando deveriam ser guiados.

Eu seguia sem entender. Queria alguém para me guiar. Como um cachorro na coleira, acho. Ser arrastada direto até o corpo de Magda. Então o mistério estaria solucionado. Charlie, pensei, poderia estar perseguindo o mesmo objetivo. Poderia estar de guarda junto ao corpo de Magda neste instante. Podia ter nadado até a ilha. Imaginei-o ali sentado, velando o corpo. Passaria o dia sentado, à espera de que eu os encontrasse. Estava com saudades dele. Senti um aperto de preocupação na garganta.

Magda era uma mulher adulta — era isso, no fim das contas; ainda era jovem de idade, mas já havia crescido, se desenvolvido. Seus seios eram pesados e, imaginei, belos. Sua silhueta tinha aquela plenitude jovial cheia de curvas, mas magra, como se flutuasse sobre a água e a gravidade não exercesse efeito sobre ela. Era como uma ninfa que andava nua sobre a superfície do lago. Eu quase conseguia enxergá-la ao fechar os olhos. Conseguia ir a qualquer lugar de olhos fechados, até à lua, se quisesse, para escutar o eco ensurdecedor do silêncio enquanto girava pelo espaço. É esse o som do silêncio, não? O som da morte? O som da não existência? A fricção de não ser? Todo mundo na Terra ouvia falar da morte de vez em quando. *Quantos caíram ali!* Outros tinham vivido e morrido antes de mim.

Walter. Depois que ele morreu, comecei a temer os sinais que poderia me mandar do além. Até tolerava a ideia de que ele ainda pudesse estar ali, vendo-me chorar aos soluços em nossa cama, no chuveiro. Vendo-me tirar o mofo do pão. Passei horas sentada, observando a baba pingar da minha própria boca. Quando o carro chegou para me levar ao velório na capela da universidade, nem sequer me vesti de forma especial. Coloquei uma roupa comum. A vida inteira me vesti de preto. "Quem é você?", Walter me perguntou quando nos conhecemos. Era um tipo de arranjo. Vesti-me de preto desde o primeiro dia. "Você é uma dessas viúvas que só vestem preto?" Nem precisei trocar de roupa para ver a morte. Andava sempre assim. Estava vestida para o funeral dele desde o dia em que nos conhecemos. Aquelas cinzas. A urna. Walter ainda estava lá fora, no lago. No fim das contas ele nunca tinha partido de fato. Desejei não ter pedido a ele que ficasse. Sua voz ainda surgia em meu espaço mental como a de um oponente intrometido. Sempre que eu me sentia feliz ou triste, ele aparecia, plantava pensamentos na minha cabeça, pedia explicações. Jamais deveria ter me casado com um acadêmico. Eles sempre precisam analisar e provar argumentos sobre alguma coisa. Bem, prove seu argumento agora, Walter, eu disse em meu espaço mental. Prove algum argumento sobre Magda. Já que é tão sabichão assim. Denu a assassinou? Onde ela está? O que aconteceu com ela?

Olhei para o lago, que agora reluzia as cores vívidas das árvores ao seu redor. Minha ilhazinha parecia doce e pacífica. Eu iria até lá. Em breve, falei a mim mesma. Mas o que faria com o corpo de Magda caso o encontrasse? Iria arrastá-lo até o barco a remo e remar de volta para a margem? E depois? Ia enterrá-lo? Não acreditava ter força física suficiente para cavar um buraco grande. Talvez precisasse contratar alguém. Usaria o falso pretexto de enterrar meu cachorro. Ou poderia cortar Magda em pedacinhos. Como os buracos que fiz no jardim, eu cavaria e depositaria neles pequenas porções de Magda e as acomodaria na terra preta, para depois cobrir, espalhar água do regador e espiar da janela da cozinha todas as manhãs quando o sol despontasse. Esperaria as raízes de Magda crescerem, um talo despontando da terra e se erguendo em direção ao ar morno e sibilante da primavera. Como seria essa planta? Daria frutos? Seria comestível? Acabaria me matando? Talvez algumas partes já estivessem enterradas ali. Alguma coisa tinha sido feita no jardim. Por que arrancar minhas sementes, senão para plantar outra coisa no lugar? Mas se Magda não crescesse, seria terrível. A carne não era compostável. Não demoraria a apodrecer e a começar a feder. Talvez Charlie fizesse um buraco no jardim e trouxesse uma mão decepada para dentro da cabana, enfiando-a no meio das almofadas do sofá. Mas ele se fora. Eu estava com saudades dele. Olhei outra vez o poema de Blake. *Ossos dos mortos.* Magda ainda não era ossos. A não ser que sua carne tivesse sido arrancada pelos urubus. E não vi nenhum urubu sobrevoar as redondezas. Ela ainda estava intacta. Precisava estar. Seria possível que ainda estivesse viva?

Tendo isso em vista, ficar ali sentada sem fazer nada me pareceu uma besteira. Decidi ser corajosa. Iria lá fora em busca de Charlie. Faria bastante esforço. Se o encontrasse morto, ao menos saberia seu fim. Poderia arranjar outro cachorro. Mas jamais seria a mesma coisa. Charlie era a minha família. Senti um aperto na garganta, engasguei e tossi enquanto vestia o casaco, pegava a bolsa e as chaves e fechava a porta da cabana. Tranquei-a. Não queria ninguém entrando nela para esconder mãos decepadas no meu sofá, ou coisa pior — enterrando mãos decepadas no meu sofá e depois retirando-as para que eu jamais ficasse sabendo. Mas gostaria de saber se alguém entrasse e tentasse esconder mãos ali. Só ficaria sabendo se deixasse a porta aberta. Portanto, destranquei a porta e fiz algo que tinha visto em um programa de TV uma vez. Peguei um carretel de linha branca que usara meses antes para costurar o rasgo da beirada de um travesseiro que estava perdendo as penas — volta e meia eu acordava com a boca cheia de peninhas de ganso. Desenrolei do carretel uma linha de mais ou menos um metro de comprimento. Atei uma das extremidades no pé da mesa próxima da porta, a uns dois centímetros do chão, e a outra em uma xícara de chá. Passei a linha pela asa de porcelana e coloquei-a no chão bem esticada. Se aparecesse algum intruso, mesmo que não tropeçasse, enroscaria o pé no fio. A xícara escorregaria e se estatelaria contra o fogão à lenha. E aí eu saberia. Mesmo que o intruso recolocasse a xícara no lugar, eu veria as rachaduras. Saberia a verdade. Fechei a porta com cuidado atrás de mim e fui até o carro, pronta para dirigir por Levant de janela aberta, chamando por Charlie. "Ei, Charlie, meu garoto. Venha. Saia do bosque e venha para a estrada." Ele me escutaria e viria voando, se pudesse. Logo estaríamos juntos outra vez, e à noite dormiríamos aninhados debaixo das cobertas. Sopraria uma brisa fresca. E eu o acariciaria e beijaria e prometeria nunca mais deixá-lo sozinho, de novo não, nem por um segundo sequer. E ele ronronaria e lamberia meu rosto e iria suspirar e se aconchegar mais pertinho para sonharmos juntos. Seria tão gostoso.

No carro, coloquei a chave na ignição e dei a partida. Mas nada aconteceu. O carro parecia morto. Nem um clique ou um engasgo do motor. Tirei a chave e tentei outra vez. Deve ser a bateria, pensei. Precisa de uma chupeta. Talvez eu tivesse esquecido os faróis acesos ou a porta entreaberta. Mas o que eu entendia de carros? Podia ser qualquer coisa. Se tivesse um telefone, poderia chamar o guincho ou pedir que um mecânico viesse fazer um orçamento. Visualizei um homem de macacão cinza ensebado, fumando um cigarro e olhando para o lago. "Lindo esse seu terreno. Sabia que antes tinha um acampamento de escoteiras aqui?"

"Sim, sabia. E o carro? Consegue me ajudar?"

"É um problema de fiação. Parece que um dos fios foi decepado."

"Você disse 'decepado'?"

"Isso, tipo cortado."

"Eu sei o significado."

"Olha, só estou tentando ajudar, dona. Não vim até aqui para deixar a senhora de bode."

"Não tem nenhum bode, senhor", eu diria. Ah, eu estaria sensível. "Quem cortou o fio? O que isso significa?"

"Significa que alguém veio aqui e cortou o fio. Talvez a senhora mesma tenha cortado. Como vou saber quem cortou?"

"Por que eu cortaria meu próprio fio? Quem faria uma coisa dessas?"

"Pessoas muito sozinhas. Tipo quando você chama uma ambulância porque acabou de cortar os pulsos."

"Meu bom Deus".

"A senhora acha que é a primeira?"

"Nem a primeira nem a segunda. Não sou uma dessas pessoas. Não cortei nem decepei nada."

"Se a senhora diz. Só estou aqui para colocar os fios em ordem."

"Eu agradeceria."

"A seu dispor, dona."

"Pode me chamar de Vesta."

"Está bem, Vesta."

"E aí?"

"E aí o quê?"

"Consegue arrumar?"

"Não tem conserto. São danos irreparáveis. A senhora não sabe que não existe vida após a morte? Sabe que é só isso aqui, né? Que não vamos a lugar nenhum?"

"Não pode ser. Vou a pé, se for preciso."

"A senhora pode até tentar, dona Vesta. Mas já aviso que se entrar nessa floresta a senhora não verá mais nada além de floresta."

"O pastor Jimmy diz que..."

"O pastor Jimmy morreu há muitos anos. Sabe o programa de rádio? É uma retransmissão. Sempre o mesmo tró-ló-ló, a mesma ladainha. 'Meu marido tem câncer nos testículos. Isso significa que ele tem um caso?'"

"Como você sabe do meu marido?"

"E quem não adivinharia?"

"Eu não adivinhei. Não tinha nem ideia."

"Quantos caíram ali?", e apontaria para a pedra vermelha que se sobressaía na água.

"Como eu vou saber?"

"A senhora deveria saber essas coisas. Ou é uma dessas pessoas que não sabem de nada? Não é instruída?"

"Você parece o meu marido falando."

"Ele deve ter te amado."

"Ele está ali agora." Eu apontaria para o lago.

E então Charlie viria, saltitando na água até sair do lago com um braço humano ou uma perna inteira pendendo de suas mandíbulas.

Não olhei debaixo do capô. Poderia ter dado um tranco e soprado as folhas acumuladas ali dentro, sei lá. Sabia que isso era inútil. O motor havia morrido e o carro pedia para ser enterrado em algum ferro-velho. Tinha dirigido com ele de Monlith até Levant. Despachei todas as minhas caixas no correio de Monlith, com pagamento adiantado, e elas foram chegando uma por uma. Comprei todos os móveis em um bazar da igreja de Bethsmane.

Percorri o acesso de cascalho que dava na estrada, mas não atravessei e passei ao largo do aclive próximo ao bosque de bétulas. Não queria mais pistas de Blake. Já estava farta de Blake. Ele tinha dito que eu precisava ser guiada, mas me sentia forte o bastante para guiar. A guia de Charlie estava em minha bolsa, e ao encontrá-lo eu a prenderia em seu pescoço e seguraria firme, amarrando a ponta solta no meu pulso como uma algema. Com essa coleira, até que a morte nos separe, pensei. Tão dotada de significado quanto a aliança que eu deixara de usar. Agora ela ficava guardada em um pequeno pote de vidro, junto com os dentes de leite de Charlie. Encontrei-os no chão um dia, caninos, embora eu não tivesse reparado em nenhum dente faltando. Mas dava para deduzir. Como se eu entendesse alguma coisa de odontologia animal. Sabe, eu não era o tipo de mulher que faz perguntas. Uma boa detetive presume mais do que pergunta. Eu era capaz de presumir que Charlie estava vivo e o mantinham preso em algum lugar contra sua vontade. Podia deduzir que o assassino de Magda não era Blake, nem Shirley nem Leopoldo. Presumi que o assassino só podia ser Denu. Presumi tudo isso. E presumi que meu carro tinha estragado porque dirigi demais na noite anterior. Alguma peça tinha soltado. Ou um animalzinho entrou no motor e roeu os fios. Presumi não se tratar de uma sabotagem intencional. E presumi que, até o final daquele dia, todos os mistérios estariam resolvidos. Não precisaria me preocupar com essas questões por muito mais tempo. Porque essas coisas não podem durar muito sem se transformarem em grandes dramas. E não se tratava de um grande drama. Era um pequeno e reconfortante romance policial. Um bilhete, um cachorro perdido e uma urna de cinzas jogada no lago. Eu solucionaria tudo, bastava seguir em frente. Em breve Magda se recuperaria no hospital, e eu enviaria um ursinho e flores para ela. Provavelmente tudo não passava de um imenso mal-entendido.

Eu não sabia direito para onde ir, mas achei melhor evitar o bosque de bétulas. Charlie não estaria ali. As árvores adoráveis, com sua maciez branca borrada pela luz do sol, tranquilizaram-me. Caminhei pela estrada principal e listei os personagens restantes em minha história. Havia Henry. Ele tinha a força e a alma ferida necessárias para manter um cão preso nos fundos da loja, talvez porque devesse um favor a Denu. E também era o tipo de pessoa prática e calorosa a que Charlie costumava obedecer. Deviam ser uns cinco quilômetros de caminhada até a loja de Henry. Eu poderia ir até lá, fingir que precisava usar o telefone, investigar um pouco, testar as maçanetas de todas as portas nos fundos. Charlie poderia estar em um porão, amarrado em um radiador velho e barulhento. Talvez estivesse sem água. Ah, ficaria tão triste lá embaixo. Eu esperava que Denu ou Henry não tivessem batido nele, pobrezinho. Enquanto caminhava pelo acostamento da estrada, busquei me manter na extremidade de terra junto à beirada esfarelada do pavimento cinza. À minha frente, alguns trechos reluziam quase brancos ao sol.

Tinha caminhado pouco mais de um quilômetro quando cheguei à curva da estrada onde desembocava o acesso à casa de meu vizinho: uma clareira entre os pinheiros e uma longa estradinha sinuosa de chão. Fiquei ali parada, pensando no que encontraria se seguisse por ali. No acostamento havia uma caixinha de correio de latão desgastada pelo tempo. Ninguém estava olhando, de modo que fui até ela e vasculhei o interior. Ali dentro, encontrei apenas um cupom circular destinado ao "Atual Ocupante" e o que parecia ser uma conta de hospital. Guardei a conta no bolso interno do casaco e estava prestes a seguir pela via principal, esperando me colocar a uma distância segura para abrir o envelope e descobrir alguma coisa sobre os problemas médicos de minha vizinha. Talvez a cobrassem os pontos necessários pelo corte que Magda desferira com seu canivete quando as duas lutaram. Talvez ela fosse cúmplice de Denu. Se Denu extorquia Magda, nada o impediria de extorquir também a vizinha. Mas abrir ou adulterar a correspondência de terceiros era crime, não era? Eu não era uma criminosa. Estava acima da lei, sim, pois estava acima de Denu. Na escala da justiça, ocupava um posto superior ao da polícia. Eu não podia adulterar. Podia, no máximo, me envolver.

Então, segui pela estradinha de terra ladeada pelos pinheiros, deixando para trás o eco do dia de céu límpido conforme adentrava a floresta escura. Sentia minha respiração ficando pesada e fatigada pouco a pouco. Ofegante, parei para descansar. Meu grau de alergia àqueles pinheiros era alarmante. Eles me faziam muito mal, e, até então eu tinha conseguido me manter a uma distância segura deles por um ano inteiro, mesmo vivendo tão perto. Segui em frente. Eu perseveraria. Não vi marcas de patas nem pegadas na estradinha, delimitada dos dois lados por rastros de pneu cujo padrão lembrava a linha do horizonte de uma cidade grande. Engraçado como as coisas pipocam em nossa imaginação quando nossos pulmões estão, como dizer, se enchendo de fluido? Fechando os alvéolos? Expandindo-se feito massa de panqueca após acrescentarmos fermento, espumando? Era como respirar por meio de um canudinho fino, o ar áspero apunhalando meu peito. Vista de fora, eu devia parecer uma senhorinha decrépita e debilitada. Quando cheguei ao acesso de cascalho da garagem dos vizinhos e vi o grande carro preto deles estacionado ali, a fachada de ripas cinzas de sua cabana — maior que a minha, mas não mais bonita — de frente para o lago, já estava vendo estrelas. Fui até a clareira, atravessei o gramado cambaleando — eles tinham um gramado —, atirei-me na beira do lago e esperei, sem pensar em quase nada, respirando, devagarinho, devagarinho, e por fim meus pulmões começaram a se expandir, meu coração desacelerou, e consegui inspirar e expirar de forma quase normal. Àquela altura, duas formas diferentes tinham surgido à minha direita, projetando sombras mais alongadas do que parecia possível dada a posição do sol no céu. Uma era o homem e a outra era a mulher. Pareciam assustados, e eu devia estar igual. Estavam vestidos de modo elegante. Pareciam ter saído de um cartão postal antigo, de uma daquelas fotografias de estúdio em que vestem as pessoas com roupas de época e colocam-nas diante de cenários do Velho Oeste ou algo do gênero. Eu tinha visto fotos assim, mas obviamente Walter e eu jamais havíamos feito nada do tipo.

"Precisa de ajuda?"

Não respondi. Por um instante, senti que o mundo tinha saído do eixo. Apoiei uma mão na grama, mas mantive os olhos nas pessoas. A mulher, de vestido justo e espartilhado e saias pesadas, marrom como a lama, deu um passo à frente. Estava de chapéu. A fita dividia sua papada magra e recaía sobre sua garganta. Com aquele paramento antiquado, parecia a um só tempo rústica e elegante. O marido, deduzi, pegou-a pelo braço e a puxou de volta.

"Você se perdeu?", a mulher perguntou.

"Esta é uma propriedade privada", disse o homem. "É uma estrada privada. Não viu a placa?"

Dei um jeito e consegui juntar forças para me erguer do chão. O mundo voltou a girar normal. Agora o gramado estava mais claro, mais suave. Algumas borboletas batiam asas por ali. A cabana, percebi, não era tão desprovida de graça. Tinha persianas dobradas nas janelas laranja-escuro. Tulipas despontavam na terra adubada em torno dos degraus da varanda. O vidro das janelas era claro e novo. Sua vista do lago era melhor que a minha. Até dava para enxergar minha ilhazinha. Uma canoa presa à estrutura de madeira de uma doca novinha. Isso é que era vida, marido e mulher, pensei. Eu era uma intrusa.

"Me desculpem", eu disse, sentindo a garganta abrir. De repente, senti-me muito constrangida. "Perdi o fôlego durante minha caminhada. Imagino que acharam estranho, uma velha senhora vindo desmaiar em seu gramado. Peço desculpas. Devo ter feito uma curva errada em algum lugar."

Os corpos fantasiados reclinaram suas cabeças. Os olhos do homem brilhavam à luz do sol. A luz se contorcia entre os grandes galhos dos pinheiros que cercavam o quintal. Era um lugar bonito. Não fosse o carro moderno estacionado na entrada, poderia ser um casarão colonial. Poderia ser um daqueles museus onde atores interpretam pessoas de épocas passadas enquanto você caminha pelos cômodos para vê-los batendo manteiga, fazendo sabão de banha, tostando um cordeiro, tecendo, martelando ferro quente.

"A senhora consegue andar?", o homem perguntou. Parecia ansioso para me ver fora de sua propriedade.

"Ah sim, sim. Pareço frágil, eu sei", respondi, e então fiz uma pausa. A conta hospitalar estava amassada no bolso do casaco. "Estou bem, estou bem. Acho que tenho alergia a esses pinheiros."

Ficamos em silêncio, o homem impaciente. A mulher sussurrou alguma coisa para ele no ouvido. Ele saiu e entrou na casa, a cauda do paletó do terno amarrotado esvoaçando atrás de seu corpo.

"Precisa de ajuda para encontrar o caminho de volta à estrada?", perguntou a mulher. Ela se aproximou de mim, caminhando devagar, com fluidez, como se tivesse rodinhas sob os pés. Minha cabeça girou um pouco ao ver seu rosto aumentar.

"Acho que consigo me virar", disse. Comecei a tirar a conta hospitalar do bolso, mas hesitei e parei. "Desculpe a pergunta, a senhora está vestida para alguma ocasião especial?"

"Tenho câncer", ela disse.

"Sinto muito."

"Vamos dar uma festinha em minha homenagem. Melhor agora que depois de morta... Não estou fazendo quimioterapia."

"Entendi."

"Os vitorianos eram obcecados pela morte. É o tema."

"O tema?"

"O tema da festa", ela disse. "Vamos fazer uma festa de investigação policial. Meu marido achou que seria divertido. Um joguinho, sabe? Tem um pessoal que curte esse tipo de coisa. Uns amigos meus", ela disse.

Eu não sabia o que dizer. A coincidência — ambas estávamos às voltas com assassinatos misteriosos — pareceu-me de início um ponto em comum, e não uma conspiração. Eu não estava pensando direito. Pensei em oferecer à vizinha meu conhecimento, tudo o que havia aprendido desde que perguntei à internet sobre como solucionar o assassinato de Magda. Mas ela estava me olhando de um jeito esquisito, como se eu tivesse agido de forma esnobe. Ela se afastou.

"A senhora mora aqui perto?", ela perguntou com certa frieza.

"Sou sua vizinha", eu disse.

"No sítio ao lado? O antigo acampamento de escoteiras?"

Assenti.

"Fui lá quando era pequena. Queríamos comprar quando colocaram à venda. Mas então fiquei doente. Eu me criei em Port Mary." Port Mary era a cidade costeira mais próxima, onde ficava a prisão estadual. Eu tinha passado por lá uma vez, um local repleto de estacas e cercas concertinas, como se fosse uma fortaleza ou castelo em meio à névoa que envolvia o porto. "Lembro de ir de canoa até a ilhota diversas vezes. Contavam uma história de fantasma em torno da fogueira do acampamento."

"História de fantasma?", perguntei. Tentei rir, mas soou como um cacarejo.

"Denu nos disse seu nome uma vez. Como era mesmo? Ele virá mais tarde. Foi escolhido como investigador principal, e pedimos para ele vir vestido de Sherlock Holmes. Mas ele provavelmente vai aparecer de uniforme, como sempre."

"Aquelas luvas pretas de couro...", comecei a dizer.

"Isso", ela disse. "Essas mesmas. Senhora..."

"Gol", eu disse, para não confundir as coisas.

Uma nuvem passou por algum ponto do céu, e a luz do sol perdeu intensidade no quintal. Uma brisa fria soprou e me deixou arrepiada. A mulher se enrolou em um xale, e reparei que parecia uma teia de aranha pendurada em seus ombros.

"Seria muito incômodo", perguntei humildemente, "pedir um copo d'água?"

Ela se deteve, uma expressão preocupada no rosto enquanto olhava para as janelas límpidas, quase invisíveis, que davam para o quintal.

"Vou ter que andar bastante", continuei. "Estou atrás do meu cachorro. Charlie. A senhora não o viu? Passei o dia inteiro procurando. E meu carro quebrou, então estou a pé."

"Deve estar preocupada."

"Sim, aterrorizada. Ele é minha única..." e então parei de falar.

"Bem, sim, claro. Venha", ela disse, mas me olhou desconfiada. Parecia considerar rude e inadequado que alguém aparecesse assim em sua casa, justo no dia em que daria uma festa por sua própria morte. Ela fez um sinal e eu a segui pelo gramado, cruzando rajadas erráticas de vento, caminhando devagar, pois meu equilíbrio e minha percepção de espaço e profundidade ainda estavam um pouco desajustados.

"Se a senhora não se importa", ela disse quando chegamos até a porta e apontou para minhas botas, cujas solas estavam cobertas por uma crosta castanho-avermelhado composta de pinhas, lama e folhas mortas. "Acabei de limpar o piso. Os convidados chegam em mais ou menos uma hora."

"É claro", eu disse, e devo ter desmaiado quando me agachei para desamarrar as botas. Quando voltei a mim, estava deitada em um sofá laranja queimado de belbutina. À luz clara que entrava pela janela, o reflexo do sol sobre o lago me fez estremecer. Ao meu redor havia um grande piano antigo, um arranjo vertical de copos-de-leite atrás de uma mesa de centro escura e polida, livros e mais livros, todos com capas de tecido, uma biblioteca inteira com prateleiras nas paredes de ambos os lados. Tocava um disco das sonatas para piano de Schubert. Senti-me transportada de volta a outro lugar, a outro país. "Onde estou?", me perguntei, e estendi a mão como se Charlie pudesse estar ali para lambê-la. A sala girou um pouco, um odor de mirra queimada, tilintares vindos de outro cômodo, e apaguei outra vez, o braço pendente, até que alguém segurou meu pulso. Dedos fortes e gelados.

"Ela está bem", disse uma voz de homem. Quando abri os olhos, ali estava ele, eu o vi branco como um fantasma em sua estranha blusa branca. Ele reacomodou meu pulso na belbutina macia. "A senhora vai ficar bem. Seu pulso estava fraco quando desmaiou. Mas acho que já se recuperou. Tome um pouco de Benadryl. Consegue caminhar?"

"Não sei".

A mulher me ofereceu duas pílulas rosa-neon.

"Com licença, senhora Gol. Como está se sentindo?", a mulher perguntou. "Trouxe para a senhora um prato de acepipes. Infelizmente, acho que não temos outra coisa, por causa da festa." Tomei o Benadryl e empurrei-o garganta abaixo usando o copo d'água da mesinha à minha frente. A mulher apontou para uma bandeja de prata repleta de aperitivos delicados. Quiches pequeninas, uma fileira de aspargos enrolados em carne, ovos recheados, croquetes, tortinhas salpicadas de queijo de cabra. Reconheci cada um deles de uma revista velha que lia no banheiro, um exemplar antigo de *The Gourmand*. Não queria olhar de novo para o homem. Meu instinto dizia para não confiar nele. Lembrava um vampiro. Eu podia imaginá-lo mutilando um pequeno animal. Ele parecia não gostar que eu estivesse lá.

"A senhora vai ficar bem", disse a mulher. Eu devia parecer confusa, a boca escancarada, a testa franzida, os olhos arregalados após vê-los lado a lado outra vez, parecendo um velho retrato assombrado. *Um Cavalheiro e Sua Esposa.*

"Desmaiei mesmo?" Minha voz era um fiapo, longínqua, como se viesse do pinheiral, um eco frágil do tortuoso além. As paredes estavam recobertas por um papel de estampa Paisley acinzentado. Tudo era muito bonito, muito ornado. Não tinha nada a ver com minha cabana cheia de móveis capengas de segunda mão, o piso mal pintado, os cômodos de painéis escuros, as rachaduras, as manchas de quê, nem sei, no velho sofá. Será que eu estava sonhando? Fechei os olhos e deixei minha cabeça rolar para o fundo da almofada. Escutei o cavalheiro e sua esposa sussurrando.

"O que ela estava fazendo ali fora, afinal?"

"Procurando um cachorro."

"Como era esse cachorro?"

A mulher limpou a garganta e falou mais alto.

"Como a senhora disse que o seu cachorro era?"

"Era?", eu disse, quase dormindo.

"Seu cachorro."

"Ele fugiu", murmurei. "Não é do feitio dele." Visualizei Charlie outra vez, ou pelo menos tentei. Mal conseguia lembrar o formato do focinho, a cor de seu lindo pelo. Ele quase chegava na altura dos meus joelhos. Tentei conjurar palavras para descrevê-lo, mas só consegui dizer "Grande e marrom".

"Um cachorro à solta por aqui é bem preocupante. Sabe, tem caçadores nessa região."

"E lobos."

"Os ursos estão saindo do período de hibernação. Qualquer um que entre no bosque à noite corre perigo", disse o homem.

Abri os olhos. Tentei erguer o corpo para me sentar. A bandeja de prata com os aperitivos continuava à minha frente na mesa de centro. Tentei pegar um, mas minha mão se fechou no vazio do ar.

"Será que chamamos uma ambulância?"

O homem resmungou alguma coisa. "Esse cachorro", ele disse com o tom de um inspetor. "Quando foi que ele fugiu?"

"Na noite passada", respondi.

"Acho que escutei ele."

Endireitei-me no assento. Minha cabeça começou a clarear.

"Como é?", perguntei. "O senhor escutou meu cachorro?"

"Na noite passada, depois da meia-noite", disse o homem, caminhando na direção do piano. "Escutei alguma coisa se mexer no quintal. Maior que um guaxinim. Acordei com o ruído. Ele tem raiva?"

"Claro que não", eu disse.

"Pode ter sido qualquer coisa", a mulher disse.

"Inclusive um cachorro", disse o homem. Ele sentou no banco do piano e pressionou uma nota aguda com um de seus longos dedos brancos e peludos. Ela ressoou alto, destoando de Schubert. Fiz uma careta.

"Sinto muito pelo seu cachorro", a mulher disse. Ela parecia ansiosa para se livrar dessa preocupação. "A senhora consegue ficar de pé, senhora Gol?" Olhei mais uma vez para as estranhas porções de comida que ela me oferecera. Não parecia uma boa ideia comê-las. "Nossos convidados devem chegar daqui a pouco. Eu ofereceria uma cama para a senhora, mas temo que..."

"Tenho certeza de que ela já está bem", disse o homem. "A senhora sabe o seu nome?", ele me perguntou em tom de deboche. "Sabe quem é o presidente?"

"Sim, sim, estou bem. Por favor", respondi, refutando com um movimento de mão.

"Quantos dedos está vendo?" Ele ergueu dois daqueles troços compridos e tortos, sem desviar o olhar fixo das teclas de seu piano. "Não que a amnésia seja tão ruim assim. Veja Henry. Parece se virar bem. Melhor até do que se lembrasse das coisas", o homem resmungou.

"Henry?"

"O homem da loja. Ele levou um tiro no rosto, sabia?", disse a mulher.

"Que horror", eu disse. "Acho que todo mundo gostaria de esquecer uma coisa dessas."

"Lesões cerebrais", o homem disse, ajeitando o cabelo preto e ensebado. "Li em algum lugar que uma parte do cérebro morre cada vez que perdemos a consciência."

"Não acho que seja verdade."

"A senhora é médica?" Sua voz era casual, falsa, condescendente.

"Meu marido era médico", eu disse. "Já morreu, mas era. Nunca ouvi ele dizer nada sobre perda de consciência. O senhor está dizendo que toda vez que pegamos no sono..."

"Ele só está brincando", a mulher disse.

"Só brincando", o homem disse.

"Sinto muito pelo seu marido."

"Ah, já faz muito tempo", comecei a dizer, e quase deixei escapar que tinha jogado a urna e as cinzas de Walter no lago. Mas não deixei. Talvez fosse crime se desfazer de restos humanos sem permissão. Os vizinhos poderiam ter base legal para me processar por poluição, e eu de fato me sentia culpada. Tinha poluído o lago para sempre, para meu próprio prejuízo, com o espaço mental de Walter. Agora Walter podia nadar por todo o Lago David.

"Tenho um livro de autoajuda aqui", a mulher disse, indo até as estantes e retirando um volume da prateleira. "Se chama *Morte*. Foi muito útil para mim." O homem se levantou e inflou o peito, caminhou até a esposa com ar desafiador e tirou o livro de suas mãos.

"Pode levar", ele disse, oferecendo-o para mim. Eu não conseguia olhar para ele. "Talvez ajude a senhora com o processo de luto. Um marido, e agora o cachorro. Deve ser difícil." Sua voz era cortante, como se tivesse por objetivo apunhalar meu coração. Mas não conseguiu.

"Muito generoso", respondi, e segurei o livro contra o peito como se pudesse me acalmar. Eu odiava aquele homem. Lembrava-me de Walter, apontando minhas fraquezas e oferecendo seu grande intelecto e suas grandes ideias para me reconfortar. Abri o livro, as palavras se embaralharam diante de meus olhos. A mulher suspirou. "Tenho certeza de que vai ajudar", eu disse. "Qualquer coisa me ajudaria agora. Qualquer pista." Fechei o livro. "Eu faria qualquer coisa para encontrar meu Charlie."

"Sim, a senhora tem um mistério para resolver. E tem tudo para conseguir. Um cão no bosque é mais fácil que uma agulha no palheiro. A senhora vai encontrá-lo, senhora Gol." Talvez eu parecesse triste, pois, a despeito de sua impaciência para me acompanhar até a porta, ela disse: "Para resolver um mistério, o melhor é examinar as pistas. E depois montá-las da forma que faz mais sentido. Assim você pode reconstituir o crime".

"Quem falou em crime?", o homem disse com raiva, tocando uma estranha tríade menor no piano.

"Ora, hipoteticamente. Nessas festas investigativas, antes da revelação do assassino, cabe ao inspetor reencenar o crime."

"Sei muito bem disso", eu disse. "Estou familiarizada com suspenses."

Ela tentava ser útil, mas o marido estava muito irritado. Então, como se pudesse ouvir os meus pensamentos, ele perguntou outra vez: "Consegue caminhar?".

Eu me levantei. "Acho que sim", disse. "Viram algum buraco por aí? Meu Charlie gosta de cavar."

"Nós mesmos andamos cavando buracos", disse ele, curto e grosso. "Se houver qualquer outro buraco em nossa propriedade, gostaria que fossem cobertos."

"Claro", eu disse, recuperando o equilíbrio. Seria de esperar que um cavalheiro oferecesse seu braço como amparo, nem que fosse só até a porta para acompanhar minha saída, mas não. Ele ficou ali dedilhando as teclas pretas e brancas agudas do piano, como se ameaçasse tocar algo mais sinistro e melancólico. A mulher olhou para baixo e fitou os aperitivos. Por educação, me inclinei e peguei um — uma frágil tortinha de queijo de cabra. Levava um pouco de mel. Estranhei a combinação de mel e queijo de cabra quando vi a receita na *The Gourmand*. Mas era gostoso. A mulher me alcançou um pequeno guardanapo. O homem tocou uma nota aguda e repugnante que sobressaltou nós duas.

"Acho melhor eu ir", eu disse.

"Vou ficar atento caso veja seu cachorro", o homem disse. Preferiria que ele não fizesse isso. Não queria vê-lo nem perto de Charlie.

"Melhoras, senhora Gol."

"Ah, eu vou ficar bem. Deve ser só o calor. Foi um prazer conhecê-los", menti. "Obrigada mais uma vez pelo livro."

"A senhora ligou para a polícia?", a mulher perguntou. "O abrigo de animais? Departamento de Caça e Pesca? Poderia espalhar cartazes pela cidade. Na loja de Henry, por exemplo. Ou na internet. Dizem que, quando uma pessoa desaparece, as primeiras vinte e quatro horas após o desaparecimento são as mais decisivas de toda a busca."

"Sim, sim", respondi apressada, sentindo-me constrangida e desacorçoada de repente. "É melhor eu ir cuidar disso." Tentei parecer contente enquanto percorríamos o corredor. Eu não compreendia aquela casa. Vista de fora, parecia uma estrutura simples e rústica. Mas, por dentro, tinha algo de palaciana.

Talvez fossem meus nervos alterados, meus olhos que viam coisas. Passamos pelo arco vazado que dava para a sala de jantar. Uma longa mesa oblonga coberta de louças reluzentes ocupava o lugar. Cálices e candelabros. Senti cheiro de carne assada vindo da cozinha. Se Charlie estivesse por perto, estaria uivando e deixando uma poça de baba diante do forno. "Que bonito", eu disse. "Ah, desejo à senhora uma recuperação completa. Divirtam-se. Obrigada por me receberem. Espero não ter incomodado demais."

"Por favor", ela disse, balançando a cabeça. "Só voltei para casa para curtir meus últimos dias na Terra ao lado de meu marido."

"Aproveitem muito."

Saí, cruzei o quintal, passei pelo carro preto e retomei a estrada de terra ladeada pelos pinheiros enquanto tamborilava com os dedos no livro que ainda segurava contra o peito. Não fosse aquele objeto tangível em minhas mãos, eu desconfiaria que todo o ocorrido não passara de um sonho. Uma alucinação. Não existiam esporos no ar capazes disso? Os segundos se passaram de forma muito deliberada. O sol já havia superado o apogeu e agora descia pela colina acima do bosque de bétulas. Minha respiração acelerou de novo, mas dessa vez não foi tão grave. Avancei com calma. Será que o bilhete sobre Magda era apenas parte daquele jogo da festa investigativa? Walter adorava esse tipo de coisa. "Todo jogo, seja do tipo que for, serve para dar às pessoas burras alguma sensação de controle sobre a realidade. Mas elas não estão no controle — nem elas, nem você, nem eu, Vesta. Vivemos em um universo estranho e cruel. Em outras dimensões, talvez a morte nem exista." Não tenho dúvidas de que os vizinhos adorariam Walter. Ele sempre dizia que adorava esquisitões. Aqueles dois pareciam ter saído de um porão após anos de confinamento, a maquiagem branca e pálida craquelada no rosto da mulher, mas não nas mãos. Ela não queria sujar a comida de maquiagem, suponho. Pobrezinha. Intuí que enfrentava alguma complicação feminina. Talvez câncer no útero.

Eu ainda sentia o gosto do queijo de cabra na boca, e cuspi algumas vezes enquanto respirava com cuidado em meio aos pinheiros, pois minha boca salivava como a de um cão. Lembrei por um momento de algo que acontecera com Charlie em Monlith, quando ainda era um filhote bobalhão, antes de nos mudarmos para Levant. Eu o levei ao parque. Não se pode passear com um cão fora da guia por aí, e achei que ali seria uma boa oportunidade para Charlie socializar, além de fazer um pouco de exercício. Ele tinha tanta energia quando novo que era impossível cansá-lo. Corria voltas e mais voltas em torno das escadas do velho casarão onde eu morava, colidindo com as caixas enquanto eu empacotava as coisas, todos os pertences de Walter, seus livros, suas canetas. Uma fortaleza inteira de livros de referência desatualizados e uma série de blocos de anotações com apenas as primeiras páginas rabiscadas. Enviei tudo para a Legião da Boa Vontade. Consultei a universidade para saber se eles gostariam de ficar com seus arquivos para a biblioteca. Mas ele já tinha deixado todos os papéis importantes com eles. Sua secretária mantinha os arquivos no escritório da faculdade. Em casa, ele só anotava coisas por prazer, para se manter ocupado.

"Essa é Vesta", alguém disse no parque de cães. "É casada com um famoso cientista alemão!" Fui apresentada assim.

"Bem, ele era epistemologista, não era cientista de verdade."

Em Monlith havia um bando de senhoras de idade com cães enormes que pareciam lobos. Eu as tinha visto caminhando juntas pela cidade. Daí surgiu a ideia de adotar Charlie.

"Nossos filhos já estão grandes, nem nos visitam mais. Se tivéssemos netos que morassem perto, talvez bastasse. Mas ter um cachorro é outro tipo de relação. Depois de um tempo, mesmo que o seu marido viva por muito tempo, as coisas viram um tédio, sabe. Nenhum homem é capaz de propiciar o mesmo amparo que um cão. As pessoas crescem e trilham caminhos distintos. Mas o cachorro fica. O cachorro jamais irá trocá-la por uma mulher mais jovem. O cachorro nunca vai ser frio, nunca vai ignorá-la após um dia difícil. Não achará você mais ou menos bonita com essa ou aquela roupa. Arranje um, Vesta", me disseram elas. E foi o que fiz.

No parque, Charlie saiu em disparada, galopando sem qualquer escrúpulo, de olhos arregalados, tímido para interagir com os cachorros que se sentiam confortáveis na presença de velhos amigos. Ele saiu correndo em direção aos bordos, e senti na hora que sua intenção não era das melhores. Talvez fosse desencavar alguma coisa morta, tirar um osso enterrado por outro cão décadas atrás ou voltar para mim trazendo o corpo de um esquilo em decomposição ou um coelhinho decapitado com marca de pneu nas costas, cheio de larvas. Naquele dia, porém, Charlie não estava atrás de um cadáver, mas das fezes líquidas de outro cão. Ele enfiou a cara na poça, depois rolou por cima dela até cobrir o peito e o pescoço. Começou a tossir quase no mesmo instante, tremendo de asco, com uma baba espessa pendendo da boca. Mantive-me a uma boa distância observando aquela sandice enquanto as fezes se mesclavam com a saliva. Ele tossia sem parar. Mas estava muito feliz. Quando olhou para mim e viu o horror estampado em meu rosto, Charlie se encolheu ao lado de uma árvore, como se enfim percebesse o tamanho de sua insanidade. Então vomitou uma pilha de ração — vi o vapor saindo das bolinhas inchadas e cheias de buraquinhos naquela manhã fria de Monlith. O que eu deveria fazer agora? Aquela foi a última vez que dei a ele "comida de cachorro". Fiquei aterrorizada. As donas dos outros cães aproveitavam o sol brando, tão contentes, tão satisfeitas com o andar de suas vidas. E meu pequeno Charlie ali, coberto de diarreia. Eu não podia colocá-lo no carro. E não podia pedir ajuda. Afinal, como me ajudariam? Trariam um balde d'água? Ah, eu não suportaria seus olhares de pena. Quando Walter morreu, elas apareceram com flores e ensopados, agiram como se o país tivesse perdido um herói. Deviam ter uma queda por Walter. Bando de assanhadas. Galinhas imprestáveis.

Coloquei a guia no pescoço de Charlie outra vez, tomando cuidado para não encostar nas fezes, mas claro que sujei as mãos e as pernas da minha calça. Fomos embora do parque a pé, deixando o carro ao lado da estrada e tendo cuidado para que não nos vissem. Levei duas horas para caminhar até em casa e, ao chegar lá, a mangueira do jardim não funcionou. De qualquer maneira, não havia nada a ser regado no jardim. Não havia quantidade de água ou fertilizante capaz de fazer alguma coisa brotar na terra morta e seca de Monlith. Precisei abrir a janela da cozinha e pegar o bocal da pia para tentar dar um banho em Charlie. Espirrei todo o corpo dele com detergente. A pressão da mangueira da pia era deplorável. Levei uma hora só para tirar a primeira camada de sujeira do pelo. Depois, enrolei-o em uma toalha velha e o carreguei para o chuveiro. Percebi que o chuveiro seria mais seguro: respingaria menos água, e o cão não teria como fugir se eu fechasse a porta de vidro reforçado. Assim, também tirei minhas roupas e tomamos juntos um banho que deve ter durado quase uma hora. Não me ocorreu usar luvas de borracha. Espalhei xampu nele diversas vezes, esfregando com os dedos, depois segurando-o debaixo da água quente, conversando com ele durante todo o processo. Ele parecia entender que estava sendo punido, mas acho que não tinha idade suficiente para entender o tamanho de minha humilhação e de sua inconveniência. As mulheres perguntariam aonde eu tinha ido, o que havia acontecido. "Achamos que talvez a tivessem sequestrado, porque vimos o seu carro. Estava lá quando fomos embora, mas não encontramos você. Onde você se meteu? Chegamos a pensar em chamar a polícia."

Voltei caminhando à noite, arrastando Charlie comigo. Na verdade, fiz isso como punição. Sabia que ele estava com medo. Não lhe dei comida antes de saírmos. Recusei-me a conversar com ele. Esse era o castigo que eu costumava impor a Charlie — permanecer fria e em silêncio. Aprendi com Walter como isso podia ser cruel. Certas noites, eu aquecia o jantar dele no forno, ajustava as luzes em uma intensidade agradável e reconfortante e o esperava lendo no sofá. Então ele chegava em casa e passava reto por mim: largava o casaco no encosto do sofá, quase acertando minha cabeça. Nada de "Boa noite, Vesta" ou "Tudo bem?" Nada. Mais tarde, na cama, ele resmungava e se queixava de algum aluno, colega ou artigo próximo do prazo de entrega, como se o seu trabalho fosse muito importante e estivesse acima das banalidades da vida. Ele delegou a mim todas essas trivialidades ainda no início de nosso casamento. Imagino que, à época de sua morte, ele não colocasse o pé em um supermercado havia uns trinta anos.

Respirei fundo algumas vezes e reduzi o ritmo de meus passos. Enxerguei a abertura no final da estradinha, após o término dos pinheiros. Tamborilei os dedos contra a capa dura do exemplar de *Morte* que ganhara dos vizinhos. A textura e aparência do volume, de capa dura revestida de tecido azul e com as extremidades desgastadas, me lembravam um livro que Walter me dera uma vez — para me fazer calar a boca, imagino. Chamava-se *Os confortos do fenomenalismo*. Sempre que eu me queixava de alguma coisa, ele dizia que a realidade era apenas uma percepção, e minha percepção era inerentemente falha porque eu não tinha a mesma formação que ele.

"E de quem é a culpa?", perguntei.

"Minha é que não é. Sou só mais um peão no jogo de xadrez da vida." Ele roubara essa metáfora de mim e a usava para debochar da minha cara. Cometi o erro de comparar nossa vida em Monlith a um jogo de xadrez com um idiota, uma espera constante de que algo acontecesse, qualquer movimento, fosse ele banal ou ameaçador, só para ter algo novo para fazer.

Não avancei na leitura de *Os confortos do fenomenalismo*. Refletir sobre questões existenciais me deprimia: sentia estar vivendo em um sonho, sem nenhum poder sobre minha mente, mas ao mesmo tempo dependente dela para conjurar toda a realidade ao meu redor. Quando não gostava do que via, culpava a mim mesma. "Conjure alguma coisa melhor", dizia. "Conjure um leito de rosas, um milhão de dólares, um navio de cruzeiro, música antiga, champanhe, Walter jovem outra vez, e você também jovem, dançando no pôr do sol enquanto uma brisa quente e paradisíaca levanta seus pés do piso, nenhuma preocupação, nenhuma razão para sentir vergonha", e fechava os olhos e abria outra vez, só para me deparar com a cabeça lustrosa e cada vez mais careca de Walter no travesseiro ao meu lado. Ele ainda era bonito, mas não restava nenhum traço de romance entre nós. Conjurei o seu fim, creio. Talvez tivesse desejado coisas demais, conforto demais. Poderia ter fugido, mas essas histórias nunca acabavam bem.

Quando cheguei ao fim do pinheiral, onde a estrada de cascalho dos vizinhos desembocava na Rota 17, o sol já estava se pondo. Como era possível? Eu mal tinha começado a investigar, e logo precisaria voltar para casa. Não queria ficar andando por Levant depois de cair a noite. Seria uma cena e tanto, uma velha de casaco empoeirado com *Morte* nas mãos assoviando floresta adentro. Denu, em seu caminho para a festa, certamente pararia para perguntar se eu havia enlouquecido. Mas Charlie ainda estava na rua. Achei que não conseguiria conviver com o peso de voltar para casa, de modo que decidi ir até a loja para ver se Henry o mantinha como refém. Eu poderia chamar um táxi para voltar para casa. Estava sem a minha bolsa, mas tinha dez dólares para emergências em um bolso interno do casaco. Ao menos era o que achava. Conferi, e o bolso estava vazio. Eu não tinha tirado o dinheiro dali. Alguém devia tê-lo roubado junto com a conta hospitalar da vizinha, que também havia sumido. O homem, presumi. Imaginei-o me arrastando do quintal até a sala de estar, me ajeitando de barriga para cima no sofá, sentindo meu pulso fraco. Encostou a orelha em meu peito na esperança, ou não, de ouvir meus batimentos. Imaginei o que mais teria feito enquanto eu estava inconsciente. Com as mãos sobre meu corpo, seria fácil futricar meu bolso. Meu casaco estava abotoado quando me sentei no gramado deles. E estava aberto quando despertei no sofá. Ele era um ladrão. Provavelmente, queria sabotar minha busca por Charlie em conluio com Denu. Estavam mancomunados. Até Shirley parecia confiar em Denu. "É só ligar para a polícia. Eles vão aparecer na hora."

Enquanto percorria a estrada sob a luz que minguava depressa, não vi nenhum carro passando, e por isso abri o livro e li um parágrafo aleatório.

Ninguém conhece as suas dores. E é melhor que não conheçam, pois quando manifestamos nossa tristeza quase sempre despertamos pena. Muitos jovens e mulheres sensíveis encontram na pena um consolo, e assim degradam seu pranto e o transformam em uma forma superficial de melancolia, só para serem confortados outra vez. Alguns até acabam se tornando dependentes desse consolo superficial, e se emaranham na escuridão para que as pessoas a seu redor busquem "animá-los" o tempo todo. Alguns chamam isso de "a depressão". Crie o hábito de esconder a tristeza quando lhe perguntarem como você está. Ao revelar seu luto em público, os mortos sentem que você vulgarizou a ausência deles, como

se quisesse tirar vantagem da morte para angariar a aten-
ção que você desejava secretamente enquanto estavam mor-
rendo. Quando seu luto é notório, os mortos sentem que fo-
ram assassinados. Se precisar chorar, faça isso no banho ou
na cama sozinho à noite. Não direcione sua tristeza a nada
além dos mortos. É fácil confundir as coisas, e esse é mais
um motivo para a discrição.

Que bobagem, pensei. Só para fazer o contrário do proposto
no livro, decidi ficar arrasada. Tentei encher os olhos de lágrimas enquanto caminhava. A escuridão que tomava conta do
céu sobre minha cabeça ajudou. Comecei pensando em tudo
o que me irritava — o menosprezo constante de Walter por
mim, uma vida inteira de tédio em Monlith, sonhos tritura-
dos, paixões desperdiçadas, o sequestro do meu cachorro, o
roubo da minha nota de dez dólares. Tudo isso me deu uma
sensação de derrota. Em seguida, pensei na minha solidão, na
minha morte cada vez mais próxima, no fato de que ninguém
me conhecia, ninguém se importava comigo. Pensei em meus
pais, mortos há muito tempo, e em como tinham me dado
pouco amor. Pensei em Walter, em suas carícias tão gentis
que me deixavam nauseada. Até quando tentava ser meigo ele
era condescendente e controlador. Nunca fui amada direito.
Ninguém nunca me disse: "Você é maravilhosa, até sua amar-
gura e sua energia neurótica são maravilhosas. Até sua desconfiança, sua rigidez, seu cabelo cada vez mais grisalho e escasso,
suas coxas enrugadas". Fui jovem e bela um dia, e nem naquela
época alguém me beijou para então dizer "Como você é jovem
e bela", exceto quando queriam alguma coisa de mim. E Walter era assim. Sempre querendo alguma coisa, alguma permissão para se gabar, para exercer poder. Chorei por muito tempo
pensando no amor que teria recebido se jamais tivesse conhecido aquele homem horrível, pomposo e deletério. Deixei as

lágrimas correrem de meus olhos inclinando a cabeça em direção ao chão, e conforme caíam elas iam formando uma pequena trilha atrás de mim. Talvez Charlie passasse por ali mais tarde e seguisse a trilha. Pobre Charlie. Era a única criatura na Terra que me amava, e até ele havia partido. Minha cabeça começou a latejar. Fiquei zonza outra vez. A lua já despontava no céu. As estrelas não demorariam a surgir. À minha frente, divisei as luzes amarelas da loja de Henry, a bomba de gasolina solitária, o borrão de neon rosa das letras que eu conhecia: "Cerveja Gelada".

Lá dentro, Henry estava de pé atrás do balcão, de costas para mim, organizando maços de cigarro. Escondi-me entre as prateleiras de pão e cereais. Era inacreditável que um lugar assim não fosse à falência. Imagino que seus únicos clientes fossem moradores de Levant sem dinheiro para comprar gasolina e dirigir até o centro comercial em Bethsmane. Eu tinha visto essas pessoas pobres contando seus trocados, bebendo garrafas de refrigerante de dois litros em suas camionetes. De fato, eu era afortunada. O acampamento de escoteiras tinha custado uma pechincha. Pensei nas pessoas pobres, em como eram calejadas e suportavam todo tipo de coisa. Eram pessoas capazes de engolir suas tristezas, demonstrar coragem e viver com abnegação, como preconizado no livro *Morte*. Enquanto percorria as gôndolas da loja de Henry, minhas botas rangiam no piso de linóleo. Na única geladeira do lugar havia apenas três garrafas de leite, alguns pacotes de queijo falso, manteiga, margarina e bacon daquele tipo pré-fatiado e embalado em plástico transparente. Colado nela, um grande adesivo laranja neon dizia "99 centavos". A loja também contava com produtos básicos para os cuidados de casa — produtos de limpeza e sprays, itens de construção, caixas grandes de fósforo, potes e latas de comida, miscelâneas. As prateleiras eram de alumínio branco com pequenos buraquinhos vazados. Enfiei *Morte* debaixo de um saco de pão. Não queria mais. E não queria parecer suspeita, ostentando um título desses. Pareceria muito bizarro. "Deve caminhar por aí lamentando os mortos", pensaria Henry. Mas não tenho a mínima ideia do que Henry pensaria. A parte posterior de sua cabeça tinha um lado caótico, coberto por longos fios cinzentos de cabelo penteados de forma tal que pareciam um tecido macio de cicatriz coberto de pele, branca e fina em alguns pontos, de tom índigo escuro em outros. Estava um pouco nervosa para falar com ele. Nas minhas idas anteriores à loja, usei Charlie para me distrair de seu rosto. Era fácil não encará-lo nessas ocasiões. Mas agora erámos só nós e a tarde escura lá fora. Ele não havia dito nada quando entrei. Quem sabe tivesse perdido a audição.

"Encontrou tudo o que procurava?", perguntou de repente, sem se virar. Não parecia tão idiota. Reuni coragem para ir até o balcão, de mãos vazias.

"É uma situação constrangedora", eu disse, olhando para a prateleirinha de chicletes ao lado da caixa registradora. "Mas acho que esqueci o dinheiro em casa, e estou aqui procurando o meu cachorro, e ficou muito tarde para voltar para casa a pé, e meu carro está quebrado, deixe eu lhe perguntar, você viu algum cachorro solto por aqui?"

"Não é seguro uma senhora caminhar sozinha por aí à noite", disse em tom quase acusatório. Tentei fixar o olhar em seu rosto. Seu crânio parecia ter sido desbastado de um dos lados. Eu conseguia ver o local arrancado pelo tiro de espingarda.

"Não pretendia ficar na rua até anoitecer quando saí de casa", respondi, na defensiva. "Então você não viu um cachorro por aí? Nada de estranho?"

"Estranho é relativo", ele disse. Enfiou a mão debaixo do balcão e tirou o telefone, um aparelho preto antiquado, engordurado e marcado por digitais. "Não vi o seu cachorro", ele disse enquanto procurava alguma outra coisa debaixo do balcão. Dessa vez tirou dali uma pequena lista telefônica da região de Bethsmane. "A senhora pode procurar o número do controle de animais. E o de Leo Smith. É o único motorista particular que conheço na região. A senhora pode pagar pelos telefonemas na próxima vez que vier à loja."

"Desculpe a pergunta, mas o senhor conhece uma garota chamada Magda?"

"Maria Magdalena?", ele mexeu no nariz e sentou em uma banqueta alta. "Não diria que a senhora era cristã."

"Ah, eu não sou. Só estava pensando se…"

Ele coçou o lado arrebentado da cabeça. Devia ter dores de cabeça terríveis. Eu não fazia ideia de como era a sensação. Queria perguntar, mas agora estava com o bocal do telefone na mão. Folheei a lista telefônica e encontrei o número de Leo Smith. Disquei, sorrindo e assentindo para o homem desfigurado. Era um milagre ele ter sobrevivido. Fiquei pensando se ele se ressentia por ter sido encontrado e salvo. Ou será que se salvara sozinho? Levantou-se, enrolou uma toalha na cabeça, limpou os miolos do ombro e dirigiu sozinho até o hospital? Eu tinha lido histórias sobre coisas assim. O telefone tocou diversas vezes, mas ninguém atendeu. Desliguei.

"Não atendem."

"Posso te dar uma carona", disse Henry.

"Não, imagina", eu disse. E recuei em direção às gôndolas. "Se o meu cachorro aparecer, o senhor poderia segurá-lo aqui?"

"Não sei se gostaria de segurar o cachorro de uma estranha."

"Meu nome é Vesta. Vesta Gol."

"Fiesta Gol?" O homem riu sozinho. "Não pode ser." Ele sacudiu a cabeça.

Saí da loja. Fiz bastante barulho com os pés no cascalho do estacionamento à frente da loja, para despistar Henry caso ele suspeitasse que eu estava bisbilhotando. Depois, ainda bati as botas no pavimento enquanto caminhava até sair do campo de visão da loja. Então voltei na ponta dos pés e entrei no bosque — composto só de pinheiros baixos, em sua maioria arbustos — e fui pisando o mais silenciosamente possível até os fundos da loja. Enxerguei uma luz acesa na janela que dava para os fundos, e vi uma grade metálica bem alta no canto de trás. Ao chegar mais perto, reparei que a grade estava trancada com cadeado. "Charlie?", sussurrei. Quando espiei pelas frestas da grade, não vi nada além de engradados de cerveja empilhados junto à parede externa da loja e um caixote virado de cabeça pra baixo. O cascalho ao redor dali estava repleto de bitucas. Assoviei baixinho. Charlie não latiu nem choramingou. Teria feito isso se tivesse me ouvido. Ele não estava ali dentro. Fiquei aliviada. Não queria lutar com Henry para recuperar meu cachorro. No entanto, onde estaria Charlie?

Retornei à estrada pelo meio dos arbustos e corri devagarinho na Rota 17, mantendo-me no centro da linha dupla de tinta branca desgastada que reluzia ao luar. Bastaria seguir aquela linha, pensei, para chegar em casa com segurança. Havia um odor metálico e distinto no ar, e apesar do céu limpo eu sentia uma tempestade se aproximando. Se Magda estivesse morta de fato, a água não demoraria a limpar todas as evidências em seu corpo. Se eu acreditasse em Deus, teria pedido a Ele um sinal. "Mostre-me o que fazer" foi a única coisa que pensei em dizer na minha mente, que parecia do tamanho do espaço sideral acima de mim ali na estrada. Impossível imaginar quantas estrelas havia lá em cima. Eu tinha medo de olhar, medo de que as estrelas pudessem revelar uma resposta de Deus, pois nesse caso, o que eu faria? Se estivesse vivo, Walter pararia atrás de mim com o carro e insistiria para eu entrar imediatamente. "Por que está sendo tão boba, Vesta? Entre no carro. Não existe nenhum Deus no céu. Não existe nenhuma grande conspiração. É isso que acontece quando você não ocupa a cabeça — acaba se entediando. Começa a inventar coisas. Agora, pare com essa bobajada. Vamos para casa, vamos deitar. Você está ficando exausta sem motivo."

"Ah, está bem, Walter", eu teria respondido. "Tem razão."

"Você está atrás do coelho branco. Entre."

Mas o que Walter sabia sobre ir atrás do que quer que fosse? Ganhava a vida sentado em uma cadeira, pensando em coisas para anotar, convencendo os outros de que as coisas que pensava e escrevia estavam corretas, e assim esperava que o mundo fosse mudar por isso?! Será que o trabalho dele era tão poderoso assim? Eu não aguentava mais ouvir teorias. Só me importava o que as pessoas faziam, não o que argumentavam por aí de forma rebuscada!

"Deixe-me ver se eu entendi. Você diz estar entediada, e ao mesmo tempo tem o mundo inteiro ao alcance das mãos. Nem sequer tentou usar o computador que comprei para você."

Aquela foi a nossa última discussão: Walter tentou me convencer a ficar contente e satisfeita na imensa casa de Monlith. Lembro-me de pensar "Mal posso esperar que você morra. Espero que o tumor cresça cada vez mais. Espero que o câncer o mate depressa". E por semanas pensei nesse tumor, dentro dos testículos, de início uma pequena pústula, supurando com toda a raiva que eu projetava nele. Através de meu espaço mental, canalizei todo o meu ressentimento feroz com relação a Walter, embrenhando-me em seu corpo através dos pulmões a cada respiração. Foi assim que eu o matei. Em minha mente. Uma vez escutei o pastor Jimmy mencionar algo chamado "morte psíquica". Talvez fosse isso que impus a Walter. Se sofri vendo Walter sofrer? Ora, sim, claro que sim, precisava fazer essa concessão. Foi horrível. Ele era meu marido, meu único marido, o único homem que eu já tinha amado. Ver o sofrimento dele já era um sofrimento. Foi excruciante vê-lo morrer. E me sentia em parte responsável. Uma das primeiras coisas que pesquisei na internet nas aulas de informática foi "Como é a sensação de ter câncer?".

Quando passei pela curva da estrada, não escutei música, nenhum tilintar de copos, nenhuma risada vinda do chalé dos vizinhos. As luzes estavam tênues, mas conseguia enxergá-las dali, um brilho vermelho que contrastava com a densa escuridão das árvores. Pensei em assoviar para Charlie — talvez estivesse preso em um buraco em algum ponto do bosque e uivasse ao me ouvir —, mas tive receio de fazer qualquer barulho. Não queria me meter em problemas. E um lado meu acreditava que Charlie não estava por perto. Era inútil procurá-lo. Eu precisava aceitar que ele se fora. Enquanto caminhava, comecei a chorar. Era gostosa a sensação de estar tão triste, de me entregar ao luto. Estava cansada, extenuada, faminta, com sede. Precisava de consolo, e não havia ninguém para me consolar. E por isso decidi consolar a mim mesma. Inventei uma nova voz na minha cabeça: "Pobre velha Vesta". Senti essa outra Vesta ressoar dentro do meu espaço mental. Talvez ela fosse o cheiro de temporal, um novo espírito adentrando a atmosfera para substituir Walter.

Fiquei muito aliviada quando avistei minha caixa de correio na beira da estrada. Quase nunca a abria, pois recebia poucas correspondências. Coloquei a mão ali dentro e encontrei somente um cupom circular. Percorri o trecho final até a cabana em meio a um sinistro silêncio noturno, como se as árvores prendessem a respiração ao me verem passar. Conforme o carro, o lago e, por fim, a cabana foram se tornando visíveis sob o céu limpo, sem nuvens a despeito do temporal que se aproximava, e iluminado pela lua cheia, para a qual finalmente olhei, eu poderia jurar ter ouvido um sussurro, uma única palavra, ininteligível, mas não havia dúvidas, tão certo quanto o vento nas árvores, tratava-se da voz de uma garota humana, minha Magda, inquestionavelmente. Quase conseguia captar seu olhar enquanto me acompanhava pelo acesso de cascalho até a porta de entrada. Então tropecei em alguma coisa no chão e caí de cara na terra do jardim vazio.

De repente o bosque foi inundado por sons. Grilos, o zumbir da vida, tudo ao mesmo tempo — algo se desprendeu em meus ouvidos. Foi um abalo do tipo que sentimos quando estamos de coração partido: o mundo adquire um volume ensurdecedor. Eu havia descoberto uma coisa sobre Walter alguns meses após sua morte. Encontrei um caderninho nos arquivos, em meio à papelada e aos blocos amarelos de notas do seu escritório de casa, um simples bloquinho de bolso com páginas de um quarto do tamanho da folha que Blake usara para me escrever o primeiro bilhete sobre Magda. Nele, Walter rabiscara uma lista de garotas, alunas da universidade que o procuraram em busca de ajuda, suponho, e que mais tarde foram alvo de seu assédio, listando tudo que lhe agradava nelas, elaborando jogos mentais que poderia usar para seduzi-las e tê-las em seus braços, e em suas calças. Estava escrito em alemão com sua caligrafia áspera, mal humorada, exuberante como se o próprio ato de escrever o excitasse, espalhafatosa. *Mandy, pernas e braços compridos, bronzeada, me considera um "gênio com sotaque fofo". Gosta de animais. Contar a história do gato. Dar a ela Schopenhauer, para confundi-la, e então pregar a palavra. E Gretchen, baixinha e atarracada com peitos grandes.* Usei um dicionário de alemão para traduzir. Li cada uma das páginas.

Vicky
Joy
Theresa
Sarah
Wanda
Patricia
Clarice

Karen
Sofie
Jean
Emma
Catherine
Patty
Rosie
Amy
Rebecca
Joanne

Joguei o caderninho no lixo com todos os outros papéis, e depois que levaram o lixo, desejei tê-los queimado em vez disso, ter juntado coragem para queimar a casa inteira e espalhar as cinzas esbranquiçadas em algum bueiro por aí, para que todos os pensamentos de Walter se misturassem com as fezes e a urina que ainda existem nas entranhas desta Terra confusa.

A maioria das minhas memórias eróticas vinham da adolescência, paixões obsessivas por garotos que lembravam meu pai, insinuações de pelinhos de bigode, músculos ligeiramente tonificados marcando as calças. Sempre gostei de homens com pernas fortes. E então, uma bela tarde, na barraca do beijo de uma feira cujo objetivo era angariar fundos para um jardim comunitário na cidade onde cresci, vi jovens cavalheiros ansiosos segurando seus dólares e limpando o molho barbecue da boca macia enquanto se aproximavam das garotas atrás do balcão improvisado. Nem olhei os beijos, apenas as nucas daqueles rapazes, inclinando-se, os ombros aninhando seu desejo como se carregassem bebês. Ah, me privei de tanta coisa ao me apaixonar por meu marido. Fui bonita um dia. E agora estava arruinada, era uma velha com a boca cheia de terra. Enraivecida, virei-me e olhei para o céu, recobrando o fôlego, perdendo-o outra vez diante da audácia daquele sem-número de estrelas brilhando acima de mim, piscando e tremeluzindo sem a menor vergonha. Embora muitas já tivessem se apagado, como eu, seguiam bruxuleando. Sobreviviam e permaneciam ali, como se dissessem "Lembrem-se de mim! Eu era linda! Deixem minha luz brilhar sem mim! Jamais esqueçam!". Era covardia minha ter vivido a vida que vivi. Mas nunca mais, decidi. Eu persistiria, apesar do medo, apesar de minha inocência e depravação, de minha hábil negação de tudo o que me causara dor. Nunca mais. Após ter me ajeitado no chão, esquentado a terra abaixo de mim, deixado insetos caminharem em meus cabelos como nos de Magda, ergui-me, a cabeça girando de fome, e tateei para entender no que havia tropeçado. Era um pacote macio de plástico — meu traje camuflado, óbvio! Entrei, chocada por ouvir Wagner tocando no rádio, e sem pensar duas vezes caminhei direto para a armadilha que eu mesma tinha armado, espatifando a xícara de chá no chão e quase morrendo de ataque cardíaco antes de acender as luzes. Limpei a terra do rosto, tirei a roupa e vesti o traje noturno.

Sete

Não me dei ao trabalho de esquentar o jantar. Nem me dei ao trabalho de servir o vinho em uma taça: bebi direto da garrafa, separando com os dedos o frango frio e coagulado, sem dar bola para a gordura gelatinosa que se acumulava em meus lábios e grudava em meus dentes. Mastiguei de pé diante da pia, bebi e engoli enquanto olhava para o velho piso de porcelana e escutava a sinfonia, o meu reflexo surgindo em uma pocinha de água estagnada e salpicada de pó de café, preto no branco como um negativo do céu noturno. Quando acabei de comer, ainda de pé, respirei fundo e me recompus. Na janela, podia ver meu rosto enrugado, mas radiante. Um rastro lustroso de suor corria de minha testa e me dava um aspecto vivo. Quando acendi as luzes de fora, vi a marca deixada por meu corpo na terra. Parecia uma marcação de cena de crime, onde as pegadas da minha bota deveriam ser medidas e analisadas. Esfreguei os olhos e, quando olhei pela janela outra vez, vi Charlie. Estava simplesmente sentado ali. Seus olhos eram dois feixes vermelhos focados em mim através da janela. Arquejei e bati no vidro, mas ele não se mexeu. Parecia uma estátua me encarando. Nem acreditei. De início, achei que talvez ele estivesse atordoado, ou mesmo em pânico. Saí com meu traje noturno, a respiração pesada de ansiedade, para ver como ele estava. Estaria machucado? Estaria apavorado? Queria segurá-lo em meus braços, beijar sua cabeça, acariciá-lo, confortá-lo. Devia estar apavorado após uma noite e um dia inteiros sozinho lá fora, fazendo sabe-se lá o quê, pensei. Agora estava de pé sobre as quatro patas, recuando em direção ao pinheiral conforme eu me aproximava. Ah, Charlie, eu disse a mim mesma. Não reconhece a própria mãe?

"Charlie", chamei em voz alta. Bati nos joelhos para atraí-lo em minha direção. Para meu espanto, ele ergueu um lado da bocarra e me mostrou um grande canino enquanto alargava as narinas. Fiquei de pé e coloquei as mãos na cintura. Que diabos estava acontecendo?, pensei. Deveria estar ronronando feito um gato, implorando para entrar em casa. "Venha, já", eu disse. Mas não me aproximei mais. Não queria assustá-lo e fazê-lo fugir outra vez na direção do bosque. Ele ficou parado feito pedra, e sentado como se estivesse prestes a decolar. Decidi mudar de abordagem e me agachei no chão, falando em tom suave e sentimental. "Venha, meu garoto." Ele começou a andar para a frente e para trás e de um lado para o outro ao longo do perímetro do jardim. "Não vou te machucar", prometi. Mas era óbvio que não o machucaria. Será que ele tinha enlouquecido? Tentei reconciliar a ansiedade e hostilidade dele dizendo a mim mesma que era apenas um animal, escravo dos instintos, e provavelmente ainda estava em choque. Talvez estivesse traumatizado, mas no instante em que me farejasse, presumi, voltaria a ser o que era antes, meu cachorrinho outra vez. Neste momento, era um lobo selvagem, assustado, em estado de alerta na escuridão. Ocorreu-me que ele devia estar com fome. A baba se acumulou em seus lábios e escorreu pela bocarra enquanto ele balançava a cabeça dizendo *não*. Recuei devagarinho e entrei na cabana para pegar o frango na geladeira. Movimentei-me depressa pela cozinha, mas reduzi o ritmo quando voltei para fora. Charlie estava muito inquieto. Toda vez que eu me mexia, ele cambaleava para o lado e arreganhava a boca, mostrando os dentes à luz branca e severa das lâmpadas de chão.

"Seu frango", anunciei ao me agachar e abrir o potinho no chão como se fizesse uma oferenda. Ele pareceu um leão ao olhar para mim. Rosnou. Fiquei magoada pela falta de confiança, por ser vista como uma ameaça, indesejada, rejeitada. Voltei para dentro e espiei pela porta aberta enquanto ele inspecionava o frango e olhava para mim, como se quisesse garantir que eu não saltaria sobre ele para... para quê, para atacá-lo? Levou vários minutos para que ele enfim começasse a aquiescer. Enfim veio andando de leve até o pote, abaixou a cabeça e abocanhou o frango antes de sair em disparada para um local que pareceu julgar seguro, na extremidade do jardim, como se ali houvesse um campo de força que eu jamais ousaria ultrapassar.

Que coisa ridícula, pensei, e embora estivesse magoada e preocupada, também fiquei muito aliviada. No fim das contas, eu não o tinha perdido. Observei enquanto ele se deitava com o frango gelado na boca, segurando o osso no chão com as patas enquanto comia a carne. Do meu ponto de vista, na extremidade da cabana, ele parecia estar se divertindo. Tentei relaxar e escutar o "Danúbio azul" que agora tocava no rádio. Daria a Charlie tempo e espaço. Vai saber o que tinha visto lá fora. Após anos de vida doméstica, um dia e uma noite fora deviam ser o meu equivalente a ser abduzida por uma espaçonave alienígena. Mas o terror era compensado pela oportunidade de enxergar além dos domínios terrestres, não é mesmo? Talvez ele tivesse encontrado Magda por aí. Entrei para pegar o resto de vinho e observei Charlie mastigando o osso pela janela, agora melada com gordura de frango após eu ter encostado nela com minha mão engordurada. Quando terminei o vinho, decidi abrir outra garrafa. Uma garrafa de vinho tinto que estava guardando para uma ocasião especial. Eu a trouxera comigo no porta-malas do carro quando viajei de Monlith até ali, um Mouton Rothschild de 1990 que Walter havia comprado e insistido para guardarmos por décadas. "É para bebermos quando algo extraordinário acontecer", dizia. Acabou ficando na prateleira do porão ao lado dos outros vinhos, que doei para o sopão de Monlith antes da mudança, sem nem cogitar quão ridículo era aquilo enquanto contava o número de garrafas pelas caixas depositadas junto à parede de concreto dos fundos da igreja. O bordeaux parecia sangue dentro da garrafa de vidro verde-escuro. Abri a gaveta onde guardava o saca-rolhas e encontrei algo que nunca tinha visto antes. Um canivete preto com cabo de plástico. "Magda", pensei comigo mesma. Ela o deixara ali para mim.

Era mais pesado do que eu esperava. Segurei-o em minha mão, tentando descobrir como abri-lo. Bastou apertar a extremidade metálica para que a lâmina saltasse. O metal estava opaco, mas a lâmina, afiada. Talvez fosse igual às facas cujos anúncios eu via nos canais de TV de Monlith durante a madrugada, facas que serviam tanto para cortar um cano como para fatiar um tomate sem enrugar a pele. Encostei a ponta da lâmina na almofada macia do meu dedão e pressionei até sair sangue, só uma gotinha. Sim, era uma faca muito afiada. Fechei a lâmina. Tinha certeza de que pertencia a Magda. Ela sempre guardava a faca no bolso de trás ao sair de casa para ir ao trabalho, ou para se encontrar com Denu no pinheiral e pagar seus tributos, garantindo que ele não a denunciaria às autoridades. Por que não fugia? Por que Magda teve que morrer? Talvez tivesse dito a Denu que estava grávida, com o intuito de fazer algum acordo. Deve ter pensado que, assim, Denu perderia o tesão por ela, mas, em vez disso, ele a matou. Era um mundo inclemente, cruel. Magda tinha razão em andar com uma faca. Coitadinha, se ao menos tivesse sido rápida o bastante para usá-la, para enfiá-la sob o peso da fúria carnal de Denu. Nunca gostei muito da sensação de ser sufocada daquele jeito, de suportar uma coisa quase intolerável, mas aparentemente dava muito prazer a Walter. Ele gritava em pequenos arroubos, sempre em alemão, dizendo meu nome não para que eu ouvisse e soubesse que ele me amava, mas em meio a caralhos e gostosas, como se meu nome fosse um palavrão e ele pudesse gritá-lo para se deleitar com a própria indulgência erótica. "Uau, como sou bom nisso. Sei disso porque estou sentindo muito prazer." Parecia ser assim. Mas talvez Magda tivesse uma experiência diferente. Talvez Leo a amasse do jeito certo, e ela pudesse reagir com atenção e gentileza sempre que Denu forçava o corpo contra ela. E para dentro dela. Parecia-me plausível.

Charlie havia comido todo o frango, e agora se dedicava a cavar um buraco na terra do jardim para enterrar os ossos. Parecia disposto a passar a noite inteira ali fora, e eu estava cansada. Minhas pernas tremiam após caminhar tanto, e minha cabeça girava por causa do vinho. Subi para a cama sem apagar as luzes e deixei a porta da frente escancarada para que Charlie pudesse entrar quando sentisse vontade. Saber que ele estava vivo, que havia retornado para mim, por mais desconfiado que estivesse, bastou para acalmar minhas ansiedades. Deitei na cama e fiquei escutando rádio em estado de semivigília.

O pastor Jimmy estava no ar.

"Você precisa acabar com a raiva em sua família e trazer a alegria de volta para sua vida. Isso fará com que você tenha filhos de Deus criados para ouvir a voz de Deus desde o início. Eles escutarão a voz de Deus. E escutarão você, o pai deles. Quando chego em casa, jantamos, nos sentamos à mesa e pergunto aos meus filhos, 'O que Deus disse para vocês hoje?'. E eles me contam. 'Bem, acabo de ouvir Deus me dizer o seguinte.' Ou 'Hoje ouvi Deus me dizer tal coisa em meu coração'. Ou 'Escutei Deus me falar isso'. Eles ouvem a voz de Deus. Sabe por quê? Porque foram ensinados a escutar a minha voz. Não quero que Deus precise dizer alguma coisa cem vezes até eles escutarem. Quero que escutem a voz de Deus e respondam imediatamente. E como ensino isso a eles? Fazendo-os ouvir minha voz e responder de imediato. Espero que você adote a mesma conduta, pois sua vida irá mudar."

"Obrigado, pastor", respondeu o homem, a ligação repleta de chiados.

"O senhor tenha uma boa noite, está bem? Próximo ouvinte."

"Sim, por favor." A voz soava familiar. "O que fazer quando você sente raiva por um bom motivo?"

"Desculpa, como é? Está na linha, senhora?"

"Sim, estou aqui." Era uma garota de voz rouca, sem dúvidas estrangeira, com sotaque carregado, não como o de Walter, mas como o de Magda. Escutei com atenção. Fechei os olhos deitada na cama, como se procurasse algo para me distrair do que poderia ouvir.

"Bem, repita, querida. Não entendi muito bem."

"Sim, claro. O que fazer quando as coisas vão mal e você sente raiva, mas não é esse o problema. O que fazer quando as coisas vão mal, sim, e você tem um bom motivo para sentir raiva?"

"Deixe-me ver se eu entendi direito, senhora…"

"Magda." Lágrimas correram dos meus olhos. A garota limpou a garganta. "Magdalena Tanasković."

"Você se chama Magdalena?"

"U-hum."

"Magdalena, me diga se eu entendi direito. Você gostaria de saber o que fazer quando sua raiva é justificada. Quando ela tem um bom motivo, nas suas palavras."

"Isso. Porque acho que às vezes tudo bem sentir raiva."

"Bem, Magdalena, como eu disse no último telefonema, a raiva legítima é pecado."

"Sim, eu sei disso. Mas e se alguém estiver te machucando?"

"Em primeiro lugar, quero que você saiba que, de acordo com a Bíblia, Deus jamais impõe um fardo maior do que podemos carregar. Ele nos conhece melhor do que nós mesmos. Você conseguirá passar por isso, senhora. Filipenses capítulo quatro, versículo treze diz, 'Tudo posso naquele que me fortalece'. Você ficará bem. Agora, Deus disse a Abraão, 'Você terá que deixar seus parentes e ir ao lugar aonde te chamo'.

"Nem todos têm amor no coração. Mas você precisa seguir conforme a Palavra de Deus, independentemente de qualquer coisa. E Tiago, capítulo um, diz: 'Meus irmãos, tende por motivo de grande alegria o serdes submetidos a múltiplas provações'. Fala sobre ser feliz quando as pessoas o machucam, quando as pessoas estão contra você. Considere uma alegria e um privilégio ser, de certa forma, capaz de sofrer em nome de Jesus ao ser maltratada.

"Agora, eu diria que a maioria das mulheres que vê sua raiva como legítima está sendo traída pelo marido. E direi a você o mesmo que digo a elas. Digo isso o tempo todo. Parece que nunca é suficiente. Você precisa lembrar que Deus a perdoou pelos erros do passado. Isso é o mais importante de ser lembrado. Você traiu Deus muitas vezes, não traiu, Magdalena?"

"Não sei. Talvez."

"Em segundo lugar, as pessoas irão decepcioná-la. Você precisa aceitar isso: as pessoas irão decepcioná-la. Às vezes, colocamos as pessoas em um pedestal tão alto que elas não conseguem se pôr à altura de nossas expectativas, e assim acabamos nos decepcionando. E então, quando elas caem lá de cima, ficamos irritados. Seu melhor amigo pode traí-lo, claro. Ninguém é perfeito. Davi disse nos Salmos, 'Se um inimigo me insultasse eu poderia suportar; se meu adversário se elevasse contra mim, eu me esconderia dele. Mas és tu, homem como eu, meu familiar, meu confidente'.

"E em terceiro lugar, o perdão é uma escolha. Não um sentimento. É uma escolha que você precisa fazer. Você precisa dizer 'Eu perdoo essa pessoa'. E precisa insistir no perdão independentemente de qualquer coisa, mesmo se continuar irritada e nada mudar. E em quarto lugar, você precisa ir até eles: 'Eu te perdoo. Mesmo que tenha me chateado, eu te perdoo. E eu te amo. Vamos consertar isso'. Esses são os quatro passos que eu daria."

"Então, se algo me chatear, devo dizer 'obrigada, eu te perdoo'?" A voz de Magda era como eu imaginava, sarcástica, ácida e doce. "Você pensa 'Me perdoe' e Deus diz 'Tá bom, sem problemas. Ela é só uma vadia mesmo'. E então você..."

"Estão ouvindo, meus amigos, a dor da raiva? Como dilacera o coração daqueles que a sentem, derramando seu veneno em todos ao redor? Vamos rezar."

Estremeci, como se uma corrente de vento gélido tivesse atravessado o quarto. Segurei a faca de Magda na mão, apertando nervosa o dispositivo de metal que acionava a abertura da lâmina. Jamais perdoaria Walter. Não pediria desculpas por sua traição. Se alguém me causasse problemas, abriria a lâmina da faca. Bastaria alguém me olhar torto para eu transformá-lo em picadinho. O pastor Jimmy encerrou o programa com um breve sermão sobre os perigos de ceder aos prazeres da carne.

Parei de escutar quando ouvi Charlie caminhando no andar de baixo. Finalmente entrara. Eu estava tonta e um pouco enjoada pela combinação de vinho, rádio e exaustão. Levantei da cama e me arrastei escada abaixo, de início a passos pesados, preguiçosos, mas recuperei parte da força quando lembrei que a porta ainda estava aberta e Charlie poderia se assustar e fugir outra vez. Desci o resto do caminho na ponta dos pés, escutando sua respiração pesada na sala de frente para o lago. Fazia esse barulho quando estava irritado, como um velho resmungão. Andei em silêncio até a porta e a fechei. Desliguei o rádio, que agora tocava uma música de igreja estridente executada em um órgão eletrônico. Desliguei as luzes da cozinha e fui com leveza na direção de Charlie. Ele parecia ter se enrolado debaixo da mesa, e quando me aproximei se levantou e me deu as costas. Tão frio, tão cruel. Eu me senti péssima. Queria ficar perto dele, fazer as pazes. Queria ter certeza de que não tinha nenhum machucado. Talvez fosse preciso limpar algum arranhão, ou até dar pontos. O dia na natureza selvagem devia ter sido horrível para ele estar tão fechado, tão irritado comigo. Seria egoísta da minha parte sobrecarregá-lo ainda mais com o estresse da minha carência, pensei. Por isso, não me agachei nem acariciei sua cabeça, como era minha vontade, mas me inclinei para ao menos tentar enxergar seu rosto, a cabeça prateada que refletia a luz amarela, as pelancas ao redor do pescoço que já estavam ali desde que era um filhotinho, macias como veludo. Foi quando vi os papéis rasgados debaixo dele, como se fossem um ninho. Ele tinha despedaçado todos os papéis da minha escrivaninha — o bilhete de Blake, o poema, minhas anotações, tudo. Criara algo semelhante a um ninho de passarinho, só por raiva, eu tinha certeza. Ignorei-o enquanto procurava Magda, e aquela era sua vingança. Por um instante, tive vontade de surrá-lo, mas jamais seria capaz disso. Ele arrancara até as páginas em branco do meu caderno. Enxerguei o espiral de arame retorcido e a capa dura de papelão jazendo como coisa morta junto ao pé da cadeira. Ergui os restos com cuidado. Vou jogar fora, pensei, para não deixar que Charlie os veja novamente e fique ainda mais angustiado. Estava triste por ter perdido o bilhete de Blake. E enquanto levava o caderninho até o lixo, decidi abri-lo. Restavam algumas páginas esfarrapadas, presas por fiapos de papel. No verso de uma delas havia algo escrito em esferográfica e riscado. O início de algo que eu não me lembrava de ter escrito. Acendi novamente as luzes da cozinha e estudei as palavras riscadas. Segurando a página contra a janela, iluminada de alguma forma pela escuridão, consegui ler as palavras. *Seu nome era Magda,* dizia. *Ela morreu e não há nada que você possa fazer a respeito. Eu não...* E terminava assim. Um falso começo. A única prova ainda intacta. Mas como fora parar ali? Eu não conseguia nem imaginar. Arranquei a página, tirei as sobras rasgadas do ponto de contato com o espiral e dobrei o papel. Agora eu sentia estar em posse de duas coisas sagradas: o papel e a faca. Ambos estavam carregados de energia. Agora, eu estava armada. Nada poderia me fazer mal. Mesmo assim tranquei a porta. Será que Charlie me protegeria, ponderei, agora que havia esse desentendimento entre nós? Imaginei um maluco arrombando a porta e apontando uma arma para minha cabeça enquanto Charlie assistia a tudo sentado, entre bocejos e estalos de gengiva, como se só o incomodasse o fato de ter sido acordado. Então retomaria os seus sonhos selvagens de cachorro. Talvez Denu estivesse lá fora, olhando pela janela. Talvez apontasse um rifle de caça para mim naquele exato instante. Se havia alguém lá fora, Charlie sabia. Os animais sentem essas coisas. As paredes não limitavam os sentidos deles, como acontece com os humanos. Durante o dia, um simples roedor arranhando uma frutinha sobre o cascalho bastaria para que Charlie pateasse a porta, choramingasse, uivasse e resmungasse até eu deixá-lo sair correndo. Mas agora ele estava quieto. Quieto demais, pensei. Tanto silêncio não parecia natural. Coloquei os dedos em meus ouvidos só para garantir que não tinha ficado surda. Por dentro, ouvia os batimentos do coração e minha respiração, lenta e superficial.

Desliguei outra vez a luz da cozinha e olhei para o pinheiral na escuridão. Tinha alguma coisa lá fora. Alguém estava me observando. Eu podia sentir. Tinha certeza.

"Não seja boba, Vesta. Você está imaginando coisas", tentei me convencer, mas era a voz de Walter que falava na minha mente.

Sacudi a cabeça, turvando minha visão, para afugentar a voz e ver o que poderia aparecer, se é que algo apareceria, se eu olhasse as coisas de outro ângulo. Não conseguia enxergar nada, mas ainda tinha a sensação de ser observada. Espiei lá fora e falei com Walter em minha cabeça. "Eu tinha metade da sua idade quando nos conhecemos, Walter. Como você pôde achar que isso era adequado?"

"Você estava muito disposta, Vesta. Não pressionei você em momento algum."

"Você achava que eu não sabia de suas revistas de sacanagem?"

"Ora, Vesta, por favor. Homens são homens. Somos animais selvagens. Temos desejos primitivos. Se não fosse tão frígida, você teria suas próprias revistas. Isso não é motivo de vergonha."

"Minha única vergonha é ter deixado você encostar em mim."

"Sinto muito se você não é tão bonita quanto gostaria de ser, Vesta, mas não há nada de que se envergonhar. Seu corpo é muito atraente. Assim como sua mente. Poderia ter sido professora se quisesse. Deixe-me ver seu rosto", Walter exigiu, um reflexo na janela escura enquanto sua mão, com cheiro de cigarro e loção pós-barba, escorregava até a ponta do meu queixo. "Continua linda, Vesta. Mas deixe-me ver seus olhos. Você diz que não se envergonha de nada? Deixe-me ver. Mostre-me como é grande e corajosa."

Encarei a escuridão. O que precisaria fazer para provar que eu era corajosa, que era forte, esperta, competente, tão merecedora quanto qualquer outra pessoa? Senti os pelos do pescoço eriçarem, como se alguém se aproximasse por trás de mim, um fantasma, uma mão aberta, dedos esticados para envolver minha garganta, agarrá-la e estrangulá-la. Charlie rosnou e eu me virei bruscamente, surpreendida ao vê-lo de pé sobre as quatro patas, cabeça baixa, lábios trêmulos, dentes arreganhados, os olhos brilhando amarelos como a caveira de um feiticeiro, uma lanterna maligna.

"Charlie?", chamei, minha voz mais fina que nunca. Ele se ergueu, encarando-me como uma fera que se depara com um intruso em seu covil secreto, seu arqui-inimigo. Eu era só uma invasora ignorante cuja mera existência bastava para desencadear a ira de sua violência. A baba pendia de suas presas, escurecendo pequenos círculos no tapete ao cair, a cabeça tremendo de raiva. "Charlie, o que foi?" Ele se aproximou, os músculos das costas tensos e rijos, avançando muito devagar, a aproximação lenta de um lobo que caça um animal de pouca inteligência. Entendi que não havia ninguém no bosque, nenhuma ameaça externa. Era Charlie quem estivera me observando o tempo todo.

Não sei dizer o que passou na minha cabeça no instante em que ele saltou, projetando a bocarra na direção do meu pescoço, e minha mão se moveu para baixo em diagonal, para longe de mim, um lamento agudo saindo de meus lábios ou dos de Charlie, mas sei que em seguida ele recuou e partiu em debandada, ganindo alto, até desaparecer e me deixar sozinha de pé ali na cozinha, coberta de sangue, com a faca de Magda firme em minha mão. A vida se impôs dentro de mim, o desejo de sobreviver me motivou a fazer aquilo, uma reação visceral, matar o que estava me matando. Fiquei orgulhosa da agilidade de meus instintos. Salvei minha própria vida naquela noite. Ninguém mais poderia ter feito isso. Eu estava sozinha, e, portanto, era uma heroína. Mas agora meu pobre Charlie havia sido apunhalado. Com minha manobra brilhante, eu o acertara não exatamente na garganta, mas em algum ponto do peitoral. Talvez meu instinto tenha mirado a facada em seu coração. O sangue nas minhas mãos tinha um cheiro amargo, como a terra. Provei-o, sem pensar muito, após soltar a faca na pia. Depois, fui atrás de Charlie. Não foi difícil encontrá-lo, pois chorava feito um bebê. Um choro histérico, mas ritmado, como se o barulho viesse de algo funcionando dentro dele. Quando o encontrei debaixo da mesa, onde o sangue ensopava os papéis rasgados do seu ninho, e me aproximei outra vez, ele levou um susto e olhou para cima de cara feia, balançando a cabeça, ganindo, arreganhando os dentes como fizera mais cedo. Percebi que não poderia encostar um dedo nele. Ele sangraria até a morte ali embaixo, mas não deixaria eu me aproximar. E mesmo que pudesse tocá-lo, segurá-lo em meus braços, examinar os ferimentos que eu mesma infligira — em legítima defesa, sem dúvidas —, o que poderia fazer por ele? Não era médica. Não saberia suturá-lo. Não saberia salvá-lo. Não tinha telefone para buscar ajuda, nem carro para levá-lo ao hospital veterinário. Nem sequer sabia onde encontrar um. Poderia caminhar até a loja de Henry outra vez, ponderei, e chamar a polícia de lá para pedir que viessem buscá-lo. Mas será que não iriam simplesmente "abatê-lo"? Não, eu precisava me virar sozinha. Quando me agachei, vi Charlie tremer e rastejar debaixo da mesa. Parecia respirar mais devagar agora, estava mais quietinho. Então fechou os olhos. Encolheu-se para proteger o peito de mim. Enxerguei seu corpo subindo e descendo a cada vez que respirava. O sangue escorria debaixo dele.

Chorei com respeito e solenidade. "Adeus, meu garotão", eu disse. Não senti culpa nem raiva. Não foi como a partida de Walter, quando prendi a respiração, desesperada para que o tempo parasse, à espera de luzes que me mostrassem o caminho de saída. A morte de Charlie foi bem diferente. Suave. Serena. "Você foi um cachorro tão bom", eu disse a ele, e finalmente estendi a mão para acariciar sua cabeça sedosa. Essas coisas acontecem com alguns animais, disse a mim mesma. Eles se zangam com os donos.

Caminhei em direção ao pinheiral, de traje noturno, camuflada em meio às árvores escuras. Tente me achar, Deus, sussurrei. Segurava um bilhete que tinha escrito. *Seu nome era Vesta*. Era isso que eu queria escrever desde o início — minha história, minhas últimas linhas. Meu nome era Vesta. Vivi e morri. Ninguém jamais me conhecerá, bem como eu sempre gostei que fosse. Conforme Deus se aproxima, ergo o bilhete. "Aceitará esta passagem e me livrará do mal?" Faço a pergunta exibindo os dentes em um sorriso sarcástico e malicioso. Deus pega o bilhete de minhas mãos e o amassa como se não fosse nada, o recibo de um refrigerante comprado em uma lanchonete de beira de estrada. "Não seja boba, Vesta", diz Deus. "Minha pombinha."

Agora corro o mais depressa que consigo. Sinto o vento em meu rosto. Deus vem logo atrás, mas eu desapareço na escuridão. Talvez eu possa ficar neste bosque para sempre, cogito. Já sinto o ar venenoso entrando em meus pulmões, cerrando minha garganta, ou quem sabe seja apenas a intensidade de minhas emoções. Não consigo respirar, mas sigo correndo. Sim, sim, vou morrer aqui. Farei as coisas do meu jeito. Escolherei como voltar ao pó. O vento singra os galhos densos e sacoleja como uma mulher de vestido de muitas camadas, a luz do luar rebrilhando nas lantejoulas da lapela. Ela dança suavemente, mas com determinação, a cada brisa que passa. Quando sinto que estou perdendo velocidade, deito-me em um leito macio de folhas caídas e observo a dança. Os pinheiros balançam. Meu espírito se eleva.

Há muita paz aqui tomando conta de meu espaço mental. Agora sou parte da escuridão. Mesclo-me a ela com perfeição.

Death in Her Hands © Ottessa Moshfegh, 2020
Publicado originalmente por Penguin Press. Direitos de tradução
mediante acordo com MB Agencia Literaria SL e The Clegg
Agency Inc., Estados Unidos. Todos os direitos reservados.

Todos os direitos desta edição reservados à Todavia.

Grafia atualizada segundo o Acordo Ortográfico da Língua
Portuguesa de 1990, que entrou em vigor no Brasil em 2009.

capa e ilustração de capa
Oliver Munday
composição
Jussara Fino
preparação
Eloah Pina
revisão
Erika Nogueira Vieira
Gabriela Rocha

Dados Internacionais de Catalogação na Publicação (CIP)

Moshfegh, Ottessa (1981-)
Morte em suas mãos / Ottessa Moshfegh ; tradução Bruno
Cobalchini Mattos. — 1. ed.— São Paulo : Todavia, 2023.

Título original: Death in Her Hands
ISBN 978-65-5692-425-0

1. Literatura americana. 2. Romance. 3. Ficção
contemporânea. I. Mattos, Bruno Cobalchini. II. Título.

CDD 813

Índice para catálogo sistemático:
1. . Literatura americana : Romance 813

Bruna Heller — Bibliotecária — CRB 10/2348

todavia
Rua Luís Anhaia, 44
05433.020 São Paulo SP
T. 55 11 3094 0500
www.todavialivros.com.br

fonte
Register*
papel
Pólen natural 80 g/m²
impressão
Geográfica